李占刚诗选

常春藤诗丛

吉林大学卷

李占刚 包临轩 主编

李占刚 著

陕西新华出版传媒集团

太白文艺出版社

图书在版编目（ＣＩＰ）数据

李占刚诗选 / 李占刚著. —— 西安：太白文艺出版社，2019.1

（常春藤诗丛．吉林大学卷）

ISBN 978-7-5513-1593-7

Ⅰ．①李… Ⅱ．①李… Ⅲ．①诗集－中国－当代 Ⅳ．① I227

中国版本图书馆 CIP 数据核字（2018）第 294713 号

李 占 刚 诗 选

LI ZHANGANG SHIXUAN

作　　者　李占刚

责任编辑　侯琳

封面设计　不绿不蓝　杨西霞

版式设计　刘戈

出版发行　陕西新华出版传媒集团
　　　　　太 白 文 艺 出 版 社

经　　销　新华书店

印　　刷　北京彩虹伟业印刷有限公司

开　　本　787 毫米×1092 毫米　1/32

字　　数　81 千

印　　张　7.375

版　　次　2019 年 1 月第 1 版

书　　号　978-7-5513-1593-7

定　　价　45.00 元

联系电话：029-81206800

出版社地址：西安市曲江新区登高路 1388 号（邮编：710061）

营销中心电话：029-87277748　029-87217872

一座城的诗意纯度

——《常春藤诗丛·吉林大学卷》序言

  城市是一部文化典藏大书，其表层和内里都储藏着大量文化密码，需要有文化底蕴、有眼光的人发现和解析，将来还可以引入大数据手段来逐一破解。譬如长春就是这样一座城。吉林大学等学校的大学生诗歌创作群体及其毕业后的持续活力所形成的高纯度的诗意氛围，使得长春在中国文化地理版图上扮演着不可或缺的角色，称其为中国当代诗歌重镇，毫不为过。呈现在眼前的这部诗丛，就是一份出色的证明。

  20 世纪 80 年代以降，以吉林大学学生为突出代表涌现出了一批长春高校诗歌创作群体。他们的深刻影响力、持久的创作生涯，为长春注入了经久不衰的艺术基因和特殊的文化气质。只要稍稍留意，就会强烈地感受到这一点。

  诗歌不是别的，而是形而上之思的载体。这是吉大诗歌创作群体的一个共识和第一偏好。对诗歌精神的形而上把握近乎本能，将其始终置于生命与世俗之上，成为信仰的艺术表达，或其本身就是信仰，在这一点上从未动摇和妥协，从未降格以求。这，让我想到了一个词：纯粹。

是的，正是这种高度精神化的纯粹，对艺术信仰的执念，对终极价值不变的执着，成为吉大诗人的普遍底色。几十年来诗坛流变，林林总总的主张和派别逐浪而行，泥沙俱下。大潮退去，主张大于作品，理论高于实践的调门仍在，剩下的诗歌精品又有几多？但是吉大诗人似乎一直有着磐石般的定力，灵魂立于云端之上，精神皈依于最高处，而写作活动本身，却低调而日常化。特立独行的诗歌路上，他们始终有一种忘我的天真和浑然，身前寂寞身后事，皆置之度外。"我把折断的翅膀／像旧手绢一样赠给你／愿意怎么飞就怎么飞吧。"（徐敬亚《我告诉儿子》）这是一种怎样不懈的坚持啊！但是对于诗人来说，这却是再自然不过的事情。当苏历铭说："不认识的人就像落叶／纷飞于你的左右／却不会进入你的心底／记忆的抽屉里／装满美好的名字。"（苏历铭《在希尔顿酒店大堂里喝茶》）这并不只是怀旧，更是对初心的一种坚守和回望。我同意这样的说法，艺术家的虔诚，甚至不是他自己刻意的选项，而是命运使他不得不如此。虔诚，是对于信仰与初心的执念，是上苍的旨意和缪斯女神在茫茫人海中对诗人的个别化选择，无论这是一种幸运，还是一种不幸。不虚假、不做作，无功利之心，任凭天性中对艺术至真至纯的渴念的驱策，不顾一切地扑向理想主义的巅峰。诗歌，是他们实现自我超拔和向上腾跃的一块跳板。吉大诗人们，就是这样的一个群体。

诗歌在时代扮演的角色，经历着起起落落。当它被时代挤压到边缘时，创作环境日趋逼仄，非有对艺术本体的信仰和大爱，是不可能始终如一地一路前行的。吉大诗人从不气馁，而是更深沉、更坚忍，诗歌之火，依然燃烧如初。当移动互联网带动了诗歌的大范围传播，读诗、听诗和诗歌朗诵会变得越来越成为时尚风潮的时候，吉大诗人也未显出浮躁，而是不以物喜，不以己悲，保持着不变的步伐，从容淡定，一如既往。这从他们从未间断的绵长创作历程中可以看得出来，并且是写得越来越与时俱进，思考和技艺的呈现越来越纯熟，作品的况味也越来越复杂和丰厚。王小妮、吕贵品和邹进等人笔耕不辍四十年，靠的不是什么外在的、功利化的激情，而是艺术圣徒的禀赋，这里且不论他们写作个性风格的差异。徐敬亚轻易不出手，但是只要他笔走龙蛇，无论是他慧眼独具的诗论，还是他冷静理性与热血澎湃兼备的诗作都会在诗坛掀起旋风。苏历铭作为年龄稍小些的师弟，以自己奔走于世界的风行身影，撒下一路的诗歌种子。其所经之处，无不迸射出诗歌光辉，并以独一无二的商旅诗歌写作，在传统诗人以文化生活为主体的诗歌表现领域之外，开拓出新的表现领域，成为另一道颇具前沿元素的崭新艺术景观。他从未想过放弃诗歌，相反，诗歌是他真切的慰藉和内心不熄的火焰。他以诗体日记的特殊方式，近乎连续地状写了他所经历的世事风雨和在内心留下的重重波澜。所以，在不曾止息的创作背后，在不断贡献出来的与时俱进的诗境和艺术场域的背后，是吉大诗人一以贯之的虔诚。这种内驱力、内在的自我鞭策，从未衰减分毫！

　　吉大诗人的写作在总体上何以能如此一致地把诗歌理解为此生安身立命的精神家园，而不含杂质？恐怕只能来自他们相互影响自然形成的诗歌准则，在小我、大我和真我之间找到了贯通的路径，可以自由穿行其间。

例如吕贵品眼下躺在病床上，仍然以诗为唯一生命伴侣，每日秉笔直抒胸臆。在他心中，诗在生命之上，或与生命相始终。在诗歌理念上，他们是"六经注我"，而非"我注六经"。主观意象的营造，化为客观对象物的指涉；主观体验化为可触摸的经验；经验化为细节、意象和场景，服从于诗人的内心主旨。沉下身子的姿态，最终是为了意念和行为的高蹈，就像东篱下采菊，最终是为了见到南山，一座精神上的"南山"。

但是在写作策略上，吉大诗人则又显出了鲜明的个性差异，这可称之为复调式写作、多声部写作。在他们各自的写作中，彼此独立不羁，他们各自的声音、语调、用词、意境并不相同，却具有几乎同样不可或缺的个性化地位，这是一个碎片式的聚合体。不谋而合的是，他们似乎都不喜欢为艺术而艺术，而艺术之背后的玄思，对精神家园的寻找和构建，对诗歌象征性、隐喻性的重视，似乎是他们共通的用力点和着迷之处。他们从不"闲适"和"把玩"，从不装神弄鬼，也不孤芳自赏地宣称"知识分子写作"；他们对"以译代作"的所谓"大师状"诗风从来避之唯恐不及。但是他们的写作却天然地具备知识分子化写作的基本特征，那就是独立自为地去揭示生活与时代的奥秘与真相，发掘其中隐含着的真理和善。这一切，取决于他们身后学理的、知识结构的深层背景，取决于个体的学识素养和独到见地。他们的写作饱含着悲天悯人的基本要素，思绪之舟渡往天与人、人与大地和彼岸，一种无形的舍我其谁的大担当，多在无意间，所以想不到以此自许和标榜。例如所谓"口语化"写作，是他们写作之初就在做的自然而然的事情，在他们那里，这从来就不是一个"学术"问题。

"口语化"运动本质上是个伪命题，诗怎么会到语言为止？毋宁说，诗歌是从语言层面、语言结构出发，它借助语言和言语，走向无限远。口语，不过是表达和叙述的策略之一，一个小小的、便利读者的入口而已，对于跨入诗歌门槛的人来说并不玄妙。当诗坛的常青树王小妮说："这么远的路程／足够穿越五个小国／惊醒五座花园里发呆的总督／但是中国的火车／像个闷着头钻进玉米地的农民……火车顶着金黄的铜铁／停一站叹一声。"（王小妮《从北京一直沉默到广州》）这是口语化的陈述，写作态度一点都不玄虚，压根就无任何"姿态"可言，它们是平实的，甚至是谦逊的。这既非"平民化"，也非"学院派"，但是我们明白，这是真正的知识分子式写作，这是在"六经注我"。这陈述的背后，有着作者的深切忧思、莫名的愁绪和焦虑，有促人深思或冥想的信息容量。吕贵品、苏历铭的诗歌一般说来也是口语化的，但是他们也从来不是为口语而口语。徐敬亚、邹进、伐柯们的诗歌写作，似乎也未区分过什么"口语"与"书面语"。当满怀沧桑感的邹进说："远处，只剩下了房子 / 沙鸥被距离淡出了 / 现在，我只记得 / 有一棵蓝色的树。"（邹进《一棵蓝色的树》）当伐柯说："一株米兰花在雪地主持的葬礼 / 收藏你所有站立不动的姿势。"（伐柯《圣诞之手》）这是诗的语言，诗的特有方式，他说出你能懂得的语言，这似乎就够了。说到底，口语与非口语的落脚点在于"揭示"，在于"意味"。"揭示"和"意味"才是更重要的东西。而无论作者采取了什么形式，这形式的繁或简，华丽或朴素，皆可顺其自然。所以，对于吉大诗人诗歌写作，这是叙述策略层面的事情，属于技巧，最终，都不过是诗人理念的艺术呈现罢了。倒是语言所承载的理念本身，其深邃性和意味的繁复，需要我们格外深长思之。

　　当诗人选择了以诗歌的方式言说，那他就只能把自己的全部人生积累，包括他的感悟、经历、知识、生活经验和主张无保留地投入诗歌之中。吉大诗人对诗歌本体的体认上，在诗歌创作的"元理念"上，有着惊人的内在默契，这可能和一个学校的校风有着内在的、密切的关联。长春这座北方城市与北京、上海、成都、重庆、武汉都不一样。坐落于此的吉大及其衍生出来的诗歌文化，没有海派那种市井文化加上开放前沿的混杂气息，也没有南方诸城市的热烈繁茂的词语，所以在诗歌风格上从不拖泥带水，也无繁复庞杂的陈述，而是简明硬朗，显出北方阔野的坦荡。同时，与北京城的皇城根文化的端正矜持相比较，聚集在长春的诗人也没有传统文化上的沉重负担，更显轻松与明快。用一位出生于长春的诗评家的话说，流经白山黑水之间的松花江，这一条时而低吟时而奔涌、气势如虹的河流，塑造了吉大诗人的文化性格，开阔、明快而又多姿多彩。所以就个体而言，他们虽然从共同的、笔直的解放大路和枝繁叶茂的斯大林大街走出来，但一路上，他们都在做个性鲜明的自己，一如他们毕业后各自的生活道路的不同。而差不多与此同时，与吉大比邻而居的东北师大，也沿着我们记忆中共同的大街和曾经的转盘路，徐徐靠拢过来。这里有三位——以《特种兵》一诗成名的郭力家，近些年来在语言试验上反复折腾，思维和语句颇多吊诡，似乎下了不少功夫；李占刚的单纯之心依旧，这位不老的少年，却总有沧桑的句子，令我们惊诧不已："你放下的笔，静静地躺在记忆里／阳光斜射在记忆的一角／那个下午，室内无边无际。"（李占刚《那个下午——致托马斯·特朗斯特罗姆》）任白则是一位思考深邃、意象跳跃的歌者，他的那首《诗人之死》令人印象深刻，洞悉了我们隐秘而痛楚的心："我一直想报答那些善待过我的人们／他们远远地待在铁幕般的夜里／哀怨的眼神击穿我的宁静。"

所以，从长春高校走出来的诗人，有一种与读者相通的精神和平等交流的诚挚，他们以看似轻松、便捷的方式走近读者走进社会。其实，每一段谦逊的诗歌陈述的内里都深藏着骄傲而超拔的灵魂。其本意，或许是一种力求不动声色的引领，是将艺术的奥秘和主旨，以对读者极为尊重的平等方式，给出最好的传达之效和表达之美。在艺术传达的通透、顺畅与艺术内涵的高远、醇厚和深远之间寻找平衡。正是这样一种不断打破和重新建立的尝试、试验的动态过程，正是这种不仅提供思想，还同步提供思想最好的形式的过程，推动了他们诗歌创作的前行和嬗变。

这，应该是长春城市文化典藏中潜藏着的密码的一部分。诗歌的纯度，带给这座城市强大的精神气场。作为中国当代先锋诗歌重镇之一，长春高校与上海、北京、武汉、四川等高校的诗歌创作形成了共振，成为中国朦胧诗后期和后朦胧诗时代的重要建构力量，构成了中国当代诗歌一段无法抹杀的鲜亮而深刻的记忆。就诗人本身而言，大学校园及其所在的城市是他们各自的诗歌最初的出发地。现在，他们都已走出了很远，身影已融入当代诗歌的整体阵容当中。其中，一串人们耳熟能详的响亮名字，已成为璀璨的星辰，闪耀于当代诗坛的上空。我因特殊的历史机缘，对这些身影大多是熟悉的，也时常感受到他们内在的诗性光辉。他们在大学校园中悄悄酿就文化的、艺术的基因，慢慢丰盈起来的飞翔于高处的灵魂，无论走得多远，我似乎都可以辨识出来。它们已化为血液，奔流于他们的身心之中，隐隐地决定着他们的个性气质和一路纵深的艺术之旅。

包临轩

2018 年 3 月 10 日

目录

除夕

除夕，是一年中的终极
良夜，也是个凉夜
他们，不，我们，温顺地走进

除夕，是华夏纪年
最温和的奇点和良夜，我们
不要温顺地走进这个凉夜

因为从一条江，到另一条江
沿途的爆竹由弱变强
新桃覆盖旧符，立体了的行草

人类总得用 B 计划代替 A 计划
那些聪明的算法
超越我们，我，去思考今夜的意义

但我逆着爆竹的硝烟，行走
就是跟着傍晚的炊烟，跟着心走
在凉夜炸响，划亮夜空的一切方向和时间

为了良夜，人类需要在除夕之夜
张开翅膀，飞向迷人的黑暗
把苦难的故事讲述给他们，不，我们的后代

过年，如半个星球的血液
在一起流动，它是我们的未知之谜
谜面是潮起潮落，谜底可以是爱

正如今夜一样，它和
"年"这个极权的幽灵一起，让我的
奔波被方向和意义占满：回家过年

2018 年 2 月 15 日　吉林

回家

那些大包小裹的迁徙者
理由和我一样——回家过年
迁徙是一次壮观的回，是血液的
一次峰值，对祖先之血
流经我之河流的一次刷新，终点
炊烟升起，那就是我的目的地
一个具体的家。那个抽象的家
坐落在汉语河流的上游
在所有同胞的所有方向

我怀念起母亲，她是家的
终极方向和内容
自从母亲离世而去，我的世界
已经坍塌至半，连同我的意义世界
一起坍塌。但家，只要有炊烟再起

老迈的父亲在家中走动
忽然传出西皮流水，家就在
只要到白山黑水之间，祭祀
母亲的笑容就会具体而生动

"祭如在"。而年
是无与伦比的事件和想象，年
我们听得到它隆隆的脚步声
直到被它逼到时间的尽头
我们用与血液一样的爆竹和新桃
换掉旧符，把年赶跑：过年
为了这个唯一的理由
我从千里之外回到老地方
在家和年之间，我轻轻叩响家门
父亲和我紧紧拥抱在一起

2018 年 2 月 10 日　吉林

大地

半年前，一个
常常仰望星空的人
一脚踏空大地
我听到了跖骨的断裂声
在恰如大地的微型地震里
我窥视到，人性中
最为隐秘的高光和暗影
为了重踏大地
必须脚踏实地
一步一个脚印

可世界并不需要，你
四处奔走，斜阳也无须
把你的不平投射到大地边缘

人间的友情和仁爱

多么像狐狸过河，在即将

到达彼岸时，尾巴被水打湿

把多少背叛和漠然散落

在大地，因为我的左脚伤情

而发生倾斜，我不得不暂时

成为铁拐李和先知

（人间先知常常是瘸子）

用似是而非的长短句，走遍

密林深处不同的国度和文明

把未来轻轻推醒

半年之后，我学会用双脚

踏上回故乡之路，这次

母亲只能在天堂为我导航

我在车窗后面，飞逝而过的

大地，看它由绿变褐

由黑变白。我真切听得见

大地的心跳，在奶奶所在的城市

我要停下来，要换一双合适的鞋子

踩在大地的鼓点上

温暖，而且坚定

2018 年 2 月 5 日　营口

佛造像

泥塑室的窗外和泥土是一个颜色
白炽灯像产房的无影灯，照射
在一摊跳动的泥上，我要赞美那双纤巧的手

菩萨的出生，应该从慈悲的眼帘开始
菩萨的目光向两侧挪移
突出的耳朵如慈航正要普度众生
你的那双手使作品佛光普照

佛造像的发髻和姿容是唐朝的
表情慈祥，欲念平息，是邻里的
庄严、神圣和完美，是菩萨的
而眼神中闪动的青春光芒是你自己的

一个女孩，抚摸泥土

令一个凡俗而可爱的佛从她手中诞生
按着她喜欢的样子，让菩萨自由成长

2018 年 1 月 31 日　吉林

生命之外

在我的生命之外
确定又多出一条，命
或者河，每到某个时辰
它就会自动开启，或
苏醒。它是我的阿凡达
需要万种风情的岁月
把它激活

然后过往日月星辰
她从夜里去
我从夜里来
这条河或命的命
是无法言说的诗
或者诗意，但我会真切
感受到它的成长，它

越来越多地占据我

最后把我挤到岸边

落地成诗

而从辰时至寅时的路途

远远长于从虎到龙的

一次奔袭和流淌

可是，这条命

必须迎来一场大雪

用凝视的光、热和专注

进入雪花的内部，汇进他们

共生的河或者命

一江流而不逝的春水

2018 年 1 月 28 日　上海

乏善可陈

"乏善可陈"这个词
像是古人和今人的
一次通约，对时光流逝中
滞留事物的不满和挑剔
但对即将飞逝的一月
如果还有什么可以赞美的
那一定是　雪
包括雨夹雪，雨雪霏霏
小雪花变身为雨水的
细微表情，当马路边的山茶树
慢慢变白，听到她唑唑的欢喜声
我的咳嗽声终于停止
正午，吃过上海小馄饨
对着漫天飞舞的雪
和友人匆匆道别，小雨夹雪

让上海猛然间凝缩成

南京西路，那些

纷纷撑开的黑伞

和柏油路上的倒影，围脖

后面的坚定目光，盯着

通向目的地的地铁指示牌

偶尔会在雪花飞舞的空隙处

想到虚，虚是更实的存在

飞舞的雪花须停留在大地上

更须在白纸上，打出

漂亮而浪漫的旋儿

或能与北方对话的蜜语

在黄昏至午夜的寂静中

倾听你的心跳。像你

也像夜的守护者

2018 年 1 月 25 日　上海

等待一场雪

在上海，等待一场大雪
像等待一次不可能的
相遇，但并非等待之虚
它需要一种共谋，天
要让从纽约开始的极寒
突然转向，要让
西伯利亚的寒流忽然
变得陌生，要让我的故乡
天天玉树琼花
要让"银装素裹"一词生动
起来，让京城的雪
变成政治的一部分
侠女提前亮剑，急于
斩断那条不知去向的河
天，要在等待中

让某完成一次无法考证的

奔走，但石头、骨头和

竟然可以称为响亮的藕

会在腊八节的一角

一拥而上，不问东西

会在雪将落未落的瞬间

想起誓言

一次面向天的白色证词

"我们能走多远

取决于生命的亮度"

明天早上，我会

和所有人一样发出惊叫

但我只希望有一片雪花

能在某的手中

慢慢融化

2018 年 1 月 24 日　上海

方

你的夜，过去以后
是我的夜，是全部
被窗子框住的，方
是接近黑白之间的灰
四十九度灰，有一度是红，暗红

你，我，加在一起
成为守夜人，东西之方
打捞，爱好和平的诗
在水面行走，超越
悲和喜，光应有橘色之美

我喜欢，加州阳光
不是一百度，绝对光明
在子夜，也不是绝对黑暗

伤感是等待之方
美利坚西部的冷，被过度解读

万癖之王，是终极之方
某，只读一人之诗
然后，等待白昼再启
诗歌之门，她等于整个东方
度过今夜，策马入神

2018 年 1 月 5 日　美国旧金山

旧金山的元旦

我想为 2017 年写一组诗，作为一种诗意的告别
可笔还没有落下，时代广场
已开始了倒数计时
落幕和开幕在同一个时刻
时代像鹅毛轻轻飘落，我看到恋人们在紧紧相拥
把时光紧揽入怀，《友谊地久天长》从平地奏起
零点之前皆为旧日时光，新时光已经从零开始

每年一次的狂欢依旧像镜子。现实中的百灵鸟或
声声爆竹，不只是突如其来的叫喊，再次在子夜回响：
新年快乐
看到被镜子框住的是城市喜悦的烟花，而不是萧索的天
际线
红杉树，松柏，棕榈，罂粟花，多肉，牛油果树，
白玉兰。月色正好，棉絮一般的云朵有时陪在她的身边，

有时

从云层里露出海洋性笑容，还有

龙舌兰酒的致命诱惑

看到新的时代必须从零开始

年轻人会借着酒力走出房间，开始跨年夜的下半场

会把寂寞的架子鼓再次敲响，和着鼓点

会把《短歌行》变成黑人的说唱

元旦很像一条界河。我们站在岸边评头品足

或者"穿越古今"，或者"融贯中西"

它让我们发出感慨或叹息，它会重新校对生活的指针发条

提醒我们，时间和散在夜空的礼花都将变冷

都可用手去触摸。世俗的狂欢是神圣的

镜子深处的任何发现都是我们自己

2018 的第一天就这样开始，带着刚刚出炉的面包

新鲜、甜腻，行走在流水线上的感觉

等待被切割，被封装进印有商标的袋子

保鲜期只有一周而不是一年。但你

更愿意成为一个面包师，你要亲手

改变面包的形状，并把它们放进雄伟浩荡的烤炉
它们既不肤浅也不深刻的表情，渐渐失去光泽的额头
使它们纷纷上升，成为头上的祥云和象征云端的替代品

想象清晨，如果窗外没有雾霾，而是有蓝天白云入框
你的内心就会被喜悦填满。每一个微小变化都足以令你
惊心动魄
如果元旦是被快乐想象出来的
那么我们必须负责它之后的变化
负责与遗忘和软弱对抗。关于思想，我听到混乱的鸡鸣
可为了这自然主义的日出日落，我们又必须对人造的清
晨保持警惕
所以思想的形状是土豆而不是面包
在异域的清晨，我拉开窗帘，在硅谷精英公寓，能够
感受到面对习俗和自信的轻蔑一瞥

元旦的另一个同义词是新年。并不同于新年的同义
词——春节
所以它是一年中的第一条命。犹如
锋利的尖刀把连绵的生命一刀两断，或如

20

防火门一样把过去挡在未来的外面

可以把诗挡在未来，但无法阻止诗意从门缝溜进未来

正如可以挡住火却挡不住欲望的火苗

那些不甘沉沦的火苗像你永远无法兑现的理想

把一个少年天才一点一点地吞噬。这正是一个诗人成为

诗人的原因

会在无望的循环中坚守文字，和缪斯，和天使，和

屈指可数的诗人们打成一片

一个像样的诗人能骄傲多久？在一个魔幻现实主义的世界

无论你打出什么好牌，都会被一张更大的牌牢牢管住

更多的时候元旦像一扇城门，把过去关在城里，未来关

在城外

用诗歌的暗语和隐喻才能敲开城门，可城门外早已挤满

要回城的父老乡亲

于是诗人们粉墨登场，唱起了堂会

在这个怎么都行主义的时代，我还在角落里发现了好看

的变脸

和慷慨大方的东家。但那些诗意的，对，不是诗人的追

随者

已经勇敢地掉头而去，身后跟着他们的影子、真诚、泪水、
牺牲和可能

在早晨的八九点钟。依然宁静的街道
一扇窗子对着笔直的胡同，小汽车安静地停放在自己的
车位上
落地窗把英文的"知识"框在走廊过道的尽头
时而模糊的朝雾把英文转换为中文，要不
就是加州阳光在午后的热切相拥
在对新年的祈福中，除了风调雨顺，不会再有人安贫乐道
像陶渊明那样让世界慢下来，新世界
正顺着巨大的斜坡滑向落日，而你
出落得一天比一天体面，面对苦难早已习惯脱下礼帽：
"你好，早安！"

我的2018，开始于晨雾和曙光初照的加州阳光。我看见
一些亲密或熟悉的面孔在渐渐逝去，化作令我忧伤的
星座
以至来不及书写挽联与他们道别
而在我的另一侧，正有一彪英姿勃发的知音意外抵达

生活又一次翻篇。我在这一天，忽然可以丢掉拐杖

成为一个悲观的乐观主义者

2018 年 1 月 1 日—2 日　美国旧金山

顺化皇宫

在雨中，我踩着顺化皇宫

比石头还坚硬的红砖和积水

可以把十三代皇帝

映照出藩属国的冰冷的镜面

翻越北部的群山峻岭，一直朝北

雨中山水兼回文诗

应和着南海的一呼一吸

"闲钓一舟渔逸迅，向林双剪燕飞轻"

我看见，殿名如何与

大明的皇宫大同小异

而细细的青铜盘龙

谦逊地把月亮托在空中

除了高大的龙眼树和荔枝树

绿了又绿，绿了又绿

隐秘的后宫宫墙

被美国飞机炸毁的史诗

伤痛成为一种仇恨的暗语

所有的青苔和碎砖

积攒了多少秘不可宣的故事

每到夜晚，顺化宫词

是否会像蝙蝠一样准时飞出

绕着他们走马观花的路线

辨认出从大明赶来的

张三李四

和换上奥黛的西贡娜娜

2018 年 12 月 16 日　越南顺化

25

会安古镇

三百年前

第一个登陆的法国佬

一定是在下午三点

因为他犯了咖啡瘾

这个刚起步的穷小子

没想到梦想中的咖啡馆

竟然会开设在这里

这种奇怪的病瘾

令各路冒险家刀枪入库

生活不需要信仰之争

只需要斜戴斗笠的会安女

在眼前轻盈飘过

用灯笼的形状

呈现深邃的生活法则

华人是偏圆形的

日本人是长筒形的

越南人多是圆锥形和菱形的

美国人和苏联人

在广肇会馆前打个照面

便会急匆匆各奔东西

诗人苏历铭

忽然把伦敦的照片

发到朋友圈中

看着那些花岗岩建筑物

和它们锐利的线条

我坚信诸神皆住北方

他们善于创建伟大的

哲学体系和

英雄史诗

2018 年 12 月 15 日　越南会安

翠玉白菜 ^①
——悼余光中

你像翠玉白菜
亦翠亦白，但你已不再
玉匠转世，他化成玉器
但你是谁的转世
把瑾妃的嫁妆化成诗行
因为把乡愁化成国愁
足以使你名传百代
如果加上这颗翠玉白菜
我会在亦玉亦诗的深处
认出你
正从破碎的历史余光中
投生你的蓝色精魂

2017 年 12 月 14 日　越南岘港

---

① 余光中先生曾热忱关爱过我和友人创办的《蓝》杂志，并为《蓝》题过词。余
先生用他的诗拓展了乡愁的含义，只这一点就足以传世永远。越南岘港旅行中，
只随身携带一本书——余先生的诗集《翠玉白菜》。

金沙江畔的嘶鸣
——致任青

九年前的那个冬天

汶川吸引了全球的爱心

我却在守彤兄弟的引导下

来到德格，点燃了一个个手制钢炉

喇嘛红，康巴人脸上的高原红

随着金沙江水的闪闪波纹

披上霞光，我亲手抚摸五百年前的经版

般若波罗蜜多心经八千诵

在印经院里藏匿了多年

那些穿透灵魂的藏歌

和黑玫瑰与她的六姐妹一起

令我陶醉至今

你不在七姐妹中间

但你更像一朵格桑花，静静地

怒放在九年的时光之上

今天突然看到你的照片

你的面庞还像雀儿山那样纯粹

属于高原的静美

这让我想起那个下午

我从一个叫李占刚的汉人

摇身一变，成为登巴哲仁

大口吃肉，吃生牦牛肉

大口喝酒，喝青稞美酒

比周围所有人都有胃口

我抬头的一瞬间

看到了你的欢喜，一行清泪

因为大爱和小爱

我有充分的理由"笑容可掬"

我走到木柴堆前

脱下皮衣，抡圆大板斧

而落下的却是比西湖还要温柔的柔

多么希望为你多劈一根木柴

多么希望能为孩子们多准备一根柴火

朋友们总是赞叹这次

高原反应："劈柴喂马"

这时，从金沙江畔传来

一声马嘶，多少年来

我都能清楚地听到它

2017 年 12 月 11 日　上海

那些

我喜爱你的每一个文字
无论是唐代的宋代的
还是明末清初的
那些刚刚被京城大风吹落的
就连那些偏旁部首
我也喜爱

为了形式的完美
而被删掉的那些句子和词汇
我也同样喜爱
它们像铺满山冈的乱石和荒草
一切都是美的
而且是爱的一部分

我还告诉你

那些没写出来的文字
我可能更喜爱
它们像一群顽皮的小男孩小女孩
把你的这些文字推举出来
一切都充满爱意

陌生的文字我也喜爱
是的，不是喜欢
因为我熟悉它们
哪怕是标宋
哪怕是恨
哪怕是恨比爱多

我忽然开始喜欢北风
在京城吹了一整天的大风
终于吹到民国前的吴郡
吹开一个北方佬的侠骨柔肠
某在风中忽然顿悟了一句佛语：
心花怒放

2017 年 11 月 30 日　上海

镜像

我发现一只鸟在桌面一晃而过
确切地说，是两只鸟正在对话
在海拔十五米以下
把樟树的叶子翻弄得风姿绰约

但海拔以下是树冠之上
是上海某个五月的天空
飞过的小鸟令桌下的宠物狗心里一惊
一闪而过的灵感瘫在飞逝的翅膀上

镜面像那只小狗一样忠诚
把树叶照得像母树那样通透
如果目光可以继续深入
就能看透天空想入非非的心事

我想成为镜面里的那只鸟
从咖啡杯的底部观察那个喧嚣的世界
告诉那个午后的心事
真实与映象只有一镜之隔

飞驰而过的豪车把碧云路摩擦出吱吱的叫声
尽管咖啡还有些发烫，小狗有些闹人
乡音和英语交叉在云，在窃窃私语
但谁是谁的镜子，正如谁是谁的蝴蝶

我常在路边的小摊车上选购 CD
那边的小摊车多么令人着迷
CD 中隐藏着各种我所不知的生活
正如杯底的世界，照得我心惊肉跳

但我要找到我的镜子
洞穿我的目光，看到我的赤子之心
而不仅仅是童年
在那里，有个小女孩朝我做出鬼脸

2017 年 5 月 18 日　上海

花见

如果快乐和苦难可以预测
日子定如填满惊恐和惊喜的原子弹
从日本海的上空呼啸而过
这时，影子会倒映出一只蜻蜓
玻璃翅膀把震落的花瓣轻轻扇起
但樱花盛开的日子可以预测
确切地说，就像婴儿的出生日可以预测
樱花满开。四月二日

樱花前线，从南到北节节获胜
抽象的美或具体的烂漫
把遥相呼应的烽火台
四处点燃，那些赏樱者有些甜蜜的欲望
或者说，丑陋和死亡在节节败退
四月，最残忍的月份从花瓣上纷纷落下

欲望在死去的泥土里复活

荒原，被《四个四重奏》再次唤醒

如果美可以是一场战争

那么战利品应该是流水落樱

支离破碎的音符和汉字的偏旁部首

而对于我，从西到东

从大唐到叫作东瀛的寂静岛国

我作为一位特意看花的陌生者

是否已经收拾好身后的田地？

从西到东，就像是另一场特洛伊战争

但历史最终会变为无法考证的传说

为了一场美的历险

我从唐朝匆匆赶来

但这次要把想象变成合金的翅膀

让心变得安静和柔软

足够听懂从樱花深处传来的蜜语和声响

听到她们甜美的和声

对于樱花，会从里到外露出微笑

她们只能识别出人类的一种语言

但她比人类更加古老

或者更加长寿

她比人类更加想念明月、云和清风

她能识别我，这个特意看花的异乡人

怀揣唐朝和尚的《自叙帖》半卷本 ①

而不是锋利的匕首和它的影子

她的微笑就是微笑本身

不必在神的手中万树齐开

树下不必点燃华灯

在西方异客的慌乱中，令花容失色

通过没有围墙的樱花甬道

我进入到八重樱的入口

如果说和平和喜悦是有颜色的

那一定是粉红色

她一定不会像太阳一般耀眼

---

① 指唐人怀素的书法《自叙帖》日本半卷本（流日残本）。其真迹不知所终，但其复制本（珂罗版）现存富山县 2 卷，京都大学图书馆 1 卷。作者 2017 年 3 月 30 日亲见。

像从上海飞越日本海

一定要沿着花瓣的边缘飞奔

像这列北陆的新干线

穿过立山黑部和长野漫长的隧道

要想念雪和深海的颜色

想念文学和还没有来得及合上的诗集

要学会进入另一个隧道

这是粉红色的，是一次回乡之路

在遥远的回声中，忘掉花落的声音

在落樱的速度和重量中

昏眩。迷失

2017 年 4 月 2 日　东京上野公园

顺着季风

在青岛流亭机场，林莽让我去接机
但我并不认识这些从天而降的客人
我只是从他们的名字背后
感受到季风吹拂着我的眼帘
铃木、苗村、中村，这些季风的奢侈品
会让我在混乱的人群中认出他们

铃木比佐雄，从东京吹来的季风
即使风向偏左，风速达每秒百米
他一定会被自己雄性的名字所左右
最好他在飞机上喝点中国烈酒
我会在他瞬间掠过花瓣的眼神中认出他

苗村吉昭，从滋贺吹来的季风
即使风龄比我还年轻，比卢戎年长

风力达十二级，但他一定是个绅士
不，他应该更像一位乡绅
他一定裹挟着乡村诗歌的全部隐秘

中村纯，从古老的京都吹来的季风
但她纯粹的风会令琴岛四季常青
不管她是否穿着和服通过出口
脚下的木屐会让她的风哼起演歌
她是唯一阴性的风，我期待着与她的寒暄

今年的季风吹乱，雨热不再同期
诗歌如同少女，被折磨得喜怒无常
在三国之间打旋，亚细亚风吹草动
桌子上的诗集被风翻开复又合上
把韩国诗人高炯烈的机票突然吹走

在洋气逼人的青岛，乡村早已消失
而这里并不缺少乡愁和文学
刚刚停靠在跑道上的飞机起落架
被埋在青草下，只有轰鸣声

从那里探出头来，令九月徒增诗意

二十四日的正午，扩音器在反复播放
NH977 航班已经正点到达
可是诗人们却迟迟没有出现
我期待这些陌生的脸在人群中夺目而出
就在我绝望的时候，苗村忽地向我袭来

2016 年 9 月 26 日　青岛

清明

妈，在您还在的时候
清明只是个节日
不欢乐，但也没有悲伤
在您走了以后
清明变成了忌日
红月亮挂上柳树枝头，垂下泪痕

妈，在您还在的时候
花木常开，绿叶茂盛无比
在您走了以后
花偶尔在一夜间怒放，对，就是怒放
怒放的花语是：爱和想念
她们今夜变回动词，绿叶茂盛无比

妈，在您还在的时候

青山像朱雀那样轻盈，飞翔在云间
在您走了以后
青山变成了卧佛，云变成了绿荫
松花江水闪闪发光
在您眼前浩荡流过，您可听到低回的歌唱

善解人意的纷纷雨水
打湿我的头发，打湿渴望生育的土地
妈，自从您走了以后
雨丝也能令我的发梢阵阵疼痛
千里之外，土地在一年年衰老
但我能听到雨打石碑的声音

这些雨水，从江北下到江南
自从您走了以后
红太阳总是在正午才徐徐升起
回故乡之路，总是来不及干爽就又被淋湿
我和被打湿翅膀的晨鸟一起
成为荒草中的一颗，成为丧巢之鸟

妈，在您还在的时候

清明是无数天中的一天，充满热度

在您走了以后

清明是一天中的无数个念头

它们失魂落魄，和我一样

迷失在太阳和月亮之间，渐渐变凉

2015 年 4 月 5 日　吉林

诗意狂草 [1]
——献给胡抗美导师

当新的一次寒流把冬意凝结上瓦片
当四合院里的香椿
在灰蒙蒙的雾霾中摇曳红灯笼
留下比紫禁城的阴影还更加深入的斜面
何种程度的墨色之美可以被一双眯起的眼睛获得？

从狂放的魏晋风度中生长起来的野草
可以长成什么手势？
向2014年的世界做出善意的道别
而慢和宁静，已跌出孩子们的视野
速度和喧嚣把时间劫持成人质：
雷同、焦虑、被冰雪围困

但可怜的我们

---

[1]2015年1月9日,作于北京中国美术馆"进入狂草"胡抗美书法艺术展开展之际。

多么需要另一种更疾更涩的时间和线条
来解放古老的时间和空间
多么需要一种线条和墨块打开的想象和胸襟

因此在汉字中心
需要一个圣者把线排布在大雁翅膀的空白处
也因此寂静吸收所有的声速
因此一支笔足以令一个世界穿越虫洞
因此一个笔画足以铺天盖地

面对飞经各个朝代的点横撇捺
这颗狂跳的心
在进入狂草的默片之后
仍然会有力地点头赞叹
证明：汉字已经进入诗意的
2015

2015 年 1 月 9 日　北京

那个下午
——致托马斯·特朗斯特罗姆 ①

可爱的老头儿，诗已写完
你把自己抛出巢穴，不过
这次是向你的隐形雇主从容辞行

你在词中不断敲打，正长石
为北欧的冬天遮风挡雪
蒸馏咖啡加上你的诗句即可伴度长夜

还有，船，搁浅在波罗的海的暗礁
房门轻开，你坐在轮椅如同坐在王座上
著名的蓝房子，是诗的皇宫

---

① 2011年9月初，笔者在托马斯·特朗斯特罗姆家度过了一个诗意的下午。我赠给托马斯一幅字，上面抄录他的诗句："夜从东方／向西方涌来／以月亮的速度。"

你放下的笔，静静地躺在记忆里
阳光斜射在记忆的一角
那个下午，室内无边无际

灰色的船帆好像永远挂在墙上
有一种向北方以北的力
涌向你，你成为隐秘世界的另一个入口

夜如墨色，从东方向你涌来
在月亮的速度中有汉字和雪蝶飞舞的一角
一瞬间，我沐浴了你孩童般的笑容

那个午后的阳光，穿越四个年头
照彻在今日午后
上海的街樱花已经盛开，但这里的脸依旧秘而不宣

那个午后的阳光，忽然落在你的诗集上
是的，我看到了你头顶上的那道巨光
你从最近的地方荣归故里。所以，没有悲伤

2015 年 3 月 28 日　北京

秋意流水

你好，秋意
你这诚实的家伙真的让我喜欢
说来就来，从不爽约

叫作夏天的那个暴君
以春天的名义与酷热共谋
一统体感，极权微凉

我翻出早已备妥的汉服
从秋意的四分之一站台驶入你
翻拣起泛着信仰之光的土豆

今年秋天，我一口气穿越了三个大国
她们的伟大和夜色
都足以与古老的土豆相提并论

加州的阳光令人脊背发痒
如欢乐的鲸鱼群
划开深海的皮肤，上空白鸥翔集

在祖国南方，我像蜜蜂一样窥觅到
蜜蜂退出透明的鲜花小径
宁静的大地正待麦客持镰归来

在北方，蓝天翻转成记忆和传说
忧郁的蓝，有时会令我的双眼噙住泪水
远方的红月亮则使我坚定转身

在北方以北，有人借酒浇愁
心爱的姑娘明天就要嫁给别人
涅瓦河水轻轻打湿了她的婚纱

落木萧萧，常令骚人酬唱
偏偏有人走遍苍茫大地，咏叹岁月急流
携琴独伫成晚秋的宋元山水

刚进入十月，乌鸦便纷纷穿上盛装

围绕在赌桌前为文学支起骰子

我和秋天一起，冷眼一年一度的优雅狂欢

2014 年 10 月　俄罗斯圣彼得堡

诗不如秋叶

诗人不再是人类的神经，敏感而脆弱
他的半只脚探进秋水，酬唱行吟
像那群东坡咏诵的先知
试春江水暖
景竹外桃花

诗，从摩天大楼纷然落下
句子摔成碎片，只留下细节与疼痛
而肉身之外的喜怒哀乐
多么像另一半皮肤皲裂的脚背
在半空中瑟瑟发抖

诗，不在诗中
诗，早已乘黄鹤远走高飞
楼上假行僧解签，楼下烟火道风尘

而今白云应有恨

一任黄鹤空哀鸣

诗也不在诗外，诗与功夫无关

诗外月黑风高夜

市井杀人越货忙

诗人已胖，穿不上夜行衣拔剑纵歌

江湖已枯，行吟者分不清是霾是雾

诗不在诗人，诗人已丧失感知秋的能力

雁阵排云识凉热

清风朗月无独樽

诗人已老，一饮而尽的花间美酒

只会令他的另一半影正身斜

诗不在词，不在海子发现的诗意

秋字生前如何禾火，身后秋字怎样诗意

黑夜从大地的内部升起

驮走了粮食牵走了马

丰收后的大地一片荒凉

有关秋的诗，不在凉意之上

少年登楼强说愁，却道天凉好个秋

我必须朝着世道相反的方向

骑上月过中秋的凉意之背

紧揽缰绳，一骑绝尘

2014 年 9 月 14 日　美国旧金山

诗意飞行

带诗集完成一次飞行
把她从头翻到尾
如果诗集还不够长度
就去读她的外表
从外表读进她的内心

飞行，从太平洋东岸到西岸
做一次时间的穿越
做一次空间的穿越
做一次社会制度的穿越
从现实飞进旧日之梦

从旧金山转机
读那些舒展而陌生的脸
使我质疑诗歌：除了言说苦难，是不是还有别的
在保罗·策兰那些低回的词里

诗歌还会表达这些舒展的脸

飞行，沿着过去多次构想的航道飞行
一个过去岁月冥想中的偷渡客
或者持不同政见者
而今只作为一名游客
展开翅膀，从上空俯瞰北美的大好河山

从西海岸到东海岸
我要做一次欢快的飞鸟
把记忆中所有的好词都纷纷扇起
为羽翼加持
为记忆和岁月增添感慨

诗歌，是心灵与物之间的一次关联
飞行，是天空与陆地的一次关联
歌唱，是有关关联的本身
飞行，在打开与合上的动作中
诗意，在神秘地苏醒和降临

2013 年 3 月 7 日—8 日　美国旧金山

想一想，你为什么要成为诗人

因为世界上只分为两种人：
一种人写诗，一种人不写诗
你要成为写诗的人 ①

因为在桌子和内心之间隔着一张白纸
一种人活在桌子之外，一种人活在内心
你要通过白纸潜入内心

因为世界分为词和词意
词能言善辩，词意沉默不语
你要成为"神圣"的抓手，找到关联

因为爱情只有两种表达：

———————————

① 茨维塔耶娃的说法。

一种是爱，一种不是恨，而是漠然
你要表达爱

因为梦是世界的一种暗喻
一种是梦，一种是梦境
你要放过梦，抓住梦境

因为人死后不只有两个去处
一个是天堂，一个是地狱
你要栖息在天堂之下，地狱之上

2013 年 1 月 23 日　吉林—北京

这车窗外，这雪，这大地

这车窗外，这皑皑白雪
和这次旅行无关
静默的黑土地与这风驰电掣无关
拥挤的车厢与这飞扬的神思无关

他们行走在回家的路上
我只路过家门，还要踏着大雪
为我的母亲———一位伟大的女人
行走在百日祭奠的路上

我在用时间和咒语为你摆设祭坛
思念化作祭酒，奔走化作牺牲
我祈祷有一种火焰穿越天堂之门
把人间的祝福和完整的雪花捎给你

这大地，广袤的原野和萧索与你有关
浩渺的星空和奔流的松花江与你有关
那些飘浮在大地上的村庄和城市
一闪而过，不会从你的目光中将我引走

2013 年 1 月 21 日　北京—吉林

五十抒怀

十五，天命只是一个词
和少年的"愁"是一个滋味

三十，天命是圣人的传说
慨叹逝者如斯夫，而我却扔掉教鞭周游列国

四十，天命是大惑之惑
天命太远，而尘世太近，与泗水随波逐流

五十，天命只是命
不愿惊动天，只愿与至爱亲朋饮酒叙旧

从明天起，第五十零一天
我要寄情山水，把天融化进白云，命融化在血液里

2013 年 1 月 4 日 北京

末日之后

船已造好，船票已售罄
但大雨未降，船搁浅在西藏卓明谷

岁月只有提问，没有答案
黑夜就像凶猛的微信，一起开放，一起熄灭

我们心中的向日葵已被偷换
是的，"中国人死都不怕，还怕活吗？"[①]

是谁的太阳照常升起？
是的，"黑的更黑，白的更白"[②]

---

① 当代诗人默默的句子。
② 当代诗人郁郁的诗句。

63

末日未来，冬至来了
大雪落满诚实的大地

末日未来，圣诞来了
今夜的高脚杯斟满爱与被爱

是谁为谁扇动了一次蝴蝶的翅膀
我们又多了一个命名——幸存者

末日之后，皆为余生
人类这道汤还没有变凉

2012 年 12 月 24 日　北京

布拉万

布拉万从天而降
你是一座城池吗
你的发音和字形在空中两次炸响
风，裹挟着你的兄弟
从南到北，一路打家劫舍

而豪雨将寂寞的东北变成雨季
把出发变成停留
把阳光变成冰冷
树木朝一侧倾倒
心情却倒向两边

今天大雨倾盆
受伤的雨伞正躲在墙角
想念着昨天启程的情人

布拉万，你让我记住一座城郭
那里有迷离的大雨和举世皆知的爱情

2012 年 8 月 29 日　吉林

致被遗忘的情诗或聂鲁达

今夜，你的那几颗星星还在抒情
比如悲凉，比如在远方打着寒战

今夜，因为你的微笑在星光下绽放
注定如他的寒星和爱情，百世流芳

还有你的手指，化作竞相开放的花瓣
连星星都能听得到她们轻柔的呼吸

以及你的长发，这连绵不断的青丝
仿佛在向我诉说情话，星空般旋转、坠落

以及你的眼睛，刚刚从水中捞出
这闪烁的星星能击穿另一块陌生的陨石

在这样的星空下，还有个词叫"美好"
"革命"终将划过夜空，而诗句却留下久久的鸣响

在这样的夜空下，我拾起被遗忘的情诗
辨认自己的语言、思想和站立的方向

把大海、森林和你的笑声，一同揽入我的怀抱
垂死的世界会在我们的怀抱中再次苏醒

2012 年 12 月 19 日　北京

献给长白山天池的抒情诗

开天辟地
在见到你的那一瞬间
这个词就从天池的深处爬将上来
像漫不经心的水怪
在没有任何生命的水中昂起头颅

在我们这个油腻的时代
有人渴望清冽甘甜的水
突然从天而降，而脚下的碎石
还会发出呼啸
天堂的风从这里穿堂而过

多少年来，我已走遍千山万水
但唯有你的容颜令我恐慌
我来到你的面前

在等待一次庄严的判决

而你沉默的判词必将水火交融

2010 年 9 月 26 日　长白山

佛是这样想的

人之于我
正如蚂蚁之于人
这些低垂的脸，物质主义的香火
无法理解蚂蚁忙碌的深意
花开花落，谁能明白

进入五月
烟雨开始锁住飞来峰上的石头
但不会有多少人能站稳脚跟
倾听山泉的奔跑声
看蚂蚁乘一片桑叶飞快驶过

这些远来的香客面目模糊
心声却如晨钟清晰可辨
这些日落不息的人类

把西子湖折腾成了妖冶的荡妇
谁都会在祷告词里加入"爱情"

如是我闻
我所闻到的皆为人间烟火
突然而至的大雨
并没有浇灭大雄宝殿的香炉
在真相前执迷不悟的人类令我大惑不解

瞧，这个人，他在想什么
打着伞，这个站在我脚趾下的人
也在汉白玉石墩上俯视着他的同类
香客之于他，也正如他之于如来
蚂蚁之于人类

2011 年 5 月 14 日　灵隐寺

末日只是对个人而言

末日并不是对全人类而言
十四点四十六分也只是东京时间
人类坐在电视前一边喝茶
一边重温好莱坞大片
发现海啸的颜色是黑色的
地震的声音是地球破碎时发出的尖叫

末日只是对个人而言
谁遭遇灭顶之灾就是谁的末日
但我们脚下的岩石都已松动
看着越来越多的兄弟被洪水裹挟而去
手中的杯具落满宫城的三月大雪
正在渐渐变凉
人类在这一刻不需要同声传译
甚至不需要悲惨的电视直播

我要为燕子祈福，为鸽子备好四十天的粮食
从今天下午起，开始相信预言
我要到处寻找歌斐木
做一个孤立无援的造船者

2011 年 3 月 11 日　上海

在独一无二的普陀鹅耳枥前 ①

在这位真正的隐者面前
我看到命运也拥有年龄，也有青春期
也会在更多的时刻沉默不语

如果不是一位叫钟观光的家伙发现你
你这张青春焕发的脸还将躲在青苔的后面
用月亮的清辉洗脸
用一只小鸟的叫声为全新的一天打卦占卜

那只小鸟从你祈祷的白云后面钻出
落在你透明般的树叶上，轻声念诵心经

---

① 普陀鹅耳枥，桦木科，鹅耳枥属乔木，树高 14 米，树围 226 厘米，分两杈，树冠 12 米 ×16 米，树龄约 254 年。属普陀山特有，生长在普陀山慧济寺西侧的山坡上。1930 年由著名植物分类学家钟观光首次发现，后由林学家郑万钧于 1932 年正式命名。

你这株世上独一无二的树，是否也拥有出发和彼岸

这株世上独一无二的树多么像大慈大悲的观音菩萨
为我们竖起的莲花玉指，没有拒绝我们的请求
她让摇摆的树叶闪着金光，向我们微微一笑

如果我的命运能够像这株鹅耳枥一样生长
我愿把自己移植到这里，在朝阳的山坡上观海听涛
把自己隐没在无数著名的古樟和龙柏林中

我会偶尔从树丛中眯起眼睛，与树下正在恋爱的金童玉女
含笑相视，因为他们还不能懂得今日的蓝天白云
在叶子里一闪即逝的微笑，深藏着的有关命运的含义

车过田野

车过田野，农民工抬头张望
红色安全帽影影绰绰，遮住他们的目光
车灯一闪一闪，打着土地的主意
广厦千万间但绝不会有一间可令他们欢颜栖身

车过田野，农民抬起头张望
他们伫立在地头，停下手中的劳作
看着车轮碾过他们的土地
打着双闪灯的车队从眼前浩荡驶过

从旅游车宽大明亮的窗玻璃后
俯视我的像羊一样温驯的人民
是谁的面孔忽然变得模糊不清
我成为奔跑在田野里的一只恶狼

飞机机群从广场上空轰鸣而过
用警车开道的车队一晃而过
浅藏在草尖的秋风一扫而过
草帽下灿烂耀眼的阳光一掠而过

轮子下面的土地必将荒凉
两年后这里会有成群的高楼拔地而起
但秋风会在每一个墙角哭泣
秋风落下的泪也将渗进水泥地面，凭吊青草和庄稼

2009 年 10 月 18 日　昆山

谁有资格穿越时空

当二十五年后
我们从地球的不同角落
合上不同语言的书籍
书籍停留在不同的页码
乘坐不同的交通工具
赶到同一个祭坛上
在月影和她沉静的清辉下
倾听南腔北调的诗人们
朗诵自己的杰作

二十五年前
水在水上面行走的声音，石头碰撞的声音
诗歌第一次像建设屋顶时
积木那样搭建的声音
心跳的声音

月色下花开的声音

雪花落到江面的声音

我不能不仰望今夜令人炫目的月色

发出感叹

今夜谁有资格穿越时空

2009 年 10 月 3 日 北京

阅读诗歌

我把车停在上海证券交易所的楼下

迫不及待地翻看《金秋诗会朗诵手册》

辨别一张张熟悉的面孔

阅读他们献给中秋节的新作

联想到这个中华世纪坛的金秋诗会

就紧跟在国庆阅兵的后面

中秋节就紧跟在国庆节的后面

阅兵式上空的兵戎肃杀之气

或许需要诗歌的祥和气息一冲而淡

身旁叫红色火焰的雕塑

令我想起这是中国的证券交易中心

因为国庆阅兵将全世界的目光

都引向了天安门广场

所以这里并没有警犬搜索人体炸弹

这时我有一种绝对奇怪的感觉

就在诗句一行行在眼前飞行的时候

全世界的银子正在我的头顶上飞来飞去

但会有人如我在阅读

与黄金和白银无关的诗作

在他眼前闪闪发光的不是银子和金融家

而是一个个响亮的名字

和中秋夜让人温暖的诗句

2009 年 9 月 29 日　上海

重上井冈山

两年之内

我第二次和陆家嘴的摩天大厦一起下沉

轻踏在你翻飞的绿叶上

从比你更高的高处

俯视被毛泽东赞美过的潺潺流水

突然纵身跃下

四处飞散的时间

顺着大人物斑驳的红色字迹

向外攀爬

青山依旧

我放得下生死

却放不下你的诱惑

在飞流摔断而复又聚合的地方

你的声音重新轰响

那是空山和生命的约会处

多情的月光今夜就会从头顶掠过

点燃祭坛上空的群星

启示我

星星之火

足以燎原

2009 年 9 月 20 日　井冈山

静坐在环形山的阴影里

静坐在祖冲之环形山下
平视地球
秋天京城一晃而过
是谁把月色变为厚厚的灰烬
在山的四周缓缓散开
少年时随意弹出的蓝色玻璃球
而今被谁收藏

世纪坛旁金菊盛开
深藏在蔚蓝之后
诗人们从四面八方赶来
在三十八万公里之远仰望我
举杯邀月
借酒浇愁
而我却在地全食降临之前掀起风暴

这一天什么也不做
只是想念遥远的亲人
温暖的爱情
如鱼得水的水
和如鱼得水的鱼

2009 年 9 月 18 日 仙游

8月21日上帝光临地球

我在南通海门的乡间旅馆
和远在大连海边别墅的王瑞瑾聊天
当聊到有关上帝造人时
她在 QQ 的另一端大声尖叫
"我刚才看到飞碟啦"

"飞碟的周围是一团浅浅的黄色光环
它悄无声息地向我飘来
它通体放射着光芒
从西南向东北方向飘着
在我家的窗户前做了个片刻停留
又突然掉转方向朝东南飞去"

她说地外文明经常会让她想入非非
还说会因为确信而沮丧生命的虚幻

我说上帝何尝不是外星人
我们又何尝不是外星人的后代
我们人类又何尝不是上帝的试验品

基本上偏向物质的人是地球人
偏向精神的人是外星人
偏向物质的人基本一样
而偏向精神的人则各有不同
又因他们是否相合分属不同的星球
是的，我们星球的人类大致如此

我拉开厚厚的窗帘也渴望飞碟降临
但五楼下面洗头房的灯光依旧暧昧
十字街口的早市已经沸腾
行了，今晚我们可以睡个好觉啦
因为万能的上帝今晚光临地球

2009 年 8 月 21 日　海门

母校

人工湖是三十年前的旧名
就像凡是知识分子云集的大学
都没有才子给景点起个响亮的名字
比如北京大学的湖叫未名湖
清华大学的荷塘叫荷塘
复旦大学的一条街叫一条街

在人工湖新莲的倒影里
蜻蜓从月亮门下匆匆飞过
落在假山上旋即一动不动
我,成为这湖的一面镜子
当年月下的老柳树还在
白色连衣裙却在月光下一飘而过

很多年过去了

每当把母校称作母校时
总是很奇妙地把她看成我的母亲
这人工湖总像母亲的眼睛一样
在我的白日梦中闪闪放光
这莲花盛开的湖水啊多么智慧慈祥

在她新莲盛开的慧眼中
我看到了她的无奈和沉默
她对我在启示着什么
一个浪子和不相识的小师妹相遇
顺着美女的长腿往上看
一抬头撞到了北方的蓝天

2009 年 6 月 24 日　长春

儿子的生日

六月八日就是你的二十二岁生日
你将亲手点燃自己生命中的第二十二支蜡烛

你每一次生日都是我们家的一次小小庆典
每到这一天你的头上都会出现幸福的光环

但是今年将怎样度过你的生日
最近正是梅雨天而你也忽然显得心事重重

或许和以前一样还是在爸爸妈妈的祝福声中
你默默地许下心愿后再用力一吹

或许你打来电话迟疑地告诉我们
从今年起不再和你们一起过生日了

不管你的生日将在哪里度过
我真正关心的是你那里有没有你心爱的人

不管你的生日将和谁一起度过
我真正关心的是你在那一刻默默许下了什么心愿

这一天你要喝下海量的酒许下天大的诺言
你要发誓成为继续闯荡世界的英雄好汉

你会插上自己设计的飞机翅膀
穿过前方厚厚的云层降落在自己的梦境

你会比我飞得更快更高更远
会比我的梦做得更加精彩更加完整

但你不必像我这样只有一双想象的翅膀
这种翅膀一遇到现实的强气流就会被轻易折断

现在离你的生日还有整整两天
期待着你突然告诉我会让我有些伤感的决定

不知为什么我今天忽然有些不知所措
这种感觉就像两肋的后侧在蠕动在慢慢地生出翅膀

整个下午我都在翻看你送给我的奥巴马自传
这是今年在我的生日时收到的最好礼物

2009 年 6 月 6 日　上海

飞狐酒吧纪事

飞狐酒吧坐落在碧云国际社区
老板是德籍华人，这里每天都被欧美人坐满
我和苏历铭至少有一年没在这里喝茶聊天
他说昨天就已从北京潜回上海
今夜他入住附近的那家商务酒店

他说金融危机并没有阻挡国际资本进军中国的步伐
而他一晃已有五年没有领过工资
这个让我温暖的兄弟和诗人
又送我一本诗集《卡萨布兰卡》，他总是令我困惑
财富数字和诗词歌赋怎么能在他那里相敬如宾

他带来一个快乐的老朋友
相隔二十年竟然在同一班地铁偶然相遇
他不断感叹这就是宿命，不是通向辉煌，就是通向毁灭

这个人叫华海庆，两个孩子的父亲
当年的中央机关才俊，如今已是加拿大移民

历铭在八十年代点燃了海庆的诗情
一句"你是诗人"，就让他像飞行中的双响炮
在北京大诗人的家中频频爆响
今天偶尔还会有人忽然想起
当年那个物资部白白净净的小胖子
如何为诗歌而亢奋，感动得会让人流下热泪

金融海啸已经在上海登陆多时
这个从北美游回的"海龟"已经打了半年的寒战
但他仍然无法在多伦多和上海之间找到平衡
历铭批判他过于矫情，把自己的小伤无限夸大
农民工兄弟面对生计都比他坚强
他已经开设博客，五天前又成了诗人
写了两千五百行诗，交了两千五百个网友

他们的对话，让我和冰释之笑了一夜
他给每人送了一本刚出版的诗集

《门敲李冰》，李冰把我们都给砸了一遍
他刚刚炒掉日本老板一月有余
最近在忙着给自己写的诗做一个交代
再在后天把这个心爱的情人体面地介绍出去

四只飞狐把四壶立顿红茶一直喝到
通往浦西的末班地铁全部关闭
苏历铭明天将在继续奔波的路上
华海庆明天送走孩子后还会继续写诗
冰释之明天还会继续筹备他的诗集首发式
李占刚明天上午将到昆山，去会见英国的项目投资商

2009 年 5 月 27 日　上海

白云下面的重庆

飞机即将降落在重庆
可我对它还知之甚少

这个传说中的山城一定有许多石板路
供人行走，嘉陵江畔一定有许多渡口
渡口有些破旧，渡轮的汽笛声却依旧刺耳

我像第一次飞临中国的老外
在厚厚的白云后面，想象着一个陈旧的中国

或许重庆也和任何一个城市一样
公房挂满粉尘，私家车贴在下班的路上，一动不动
我可爱的农民工兄弟们正在快步穿行

关于历史，这里有白公馆和周公馆

大人物们在这里填词饮酒盘算江山
而江姐这个理想主义英雄曾经是多么令我心动啊

它的不远处是三峡大坝
这个该死的人间奇迹
拦截住了我像李白那样驾轻舟穿越三峡的梦想

不过这里百分之七十的农民有福了
他们十余年前就成了直辖市的居民
只是依然要为了生存必须像候鸟一样飞来飞去

雾都，你忽然让我想起诗人徐志摩
飞机没有撞在山上，而是迫降在麻辣白皙的美女群中
我在下降，重庆在上升

2009 年 4 月 4 日　重庆

在肯德基想念一个人

今天是星期天，阳光很好
照耀在临街的落地玻璃上
小姑娘像小松鼠一样啃着深海鳕鱼
她的眼珠乌黑，在音乐声中闪闪泛光

隔着一个桌子
她一边啃着汉堡，一边目不转睛地盯着我
偶尔斜看一眼她旁边的爸爸
我就这样开始想念一个人
一个眼珠乌黑、闪闪泛光的姑娘

她就是这个一边啃着深海鳕鱼
一边在目不转睛地盯着我的小姑娘
十八年后，他们都觉得这个场景似曾相识
只是她的纸飞机已经穿越上海降落在别处

而今她被那个男人幸福地惦念着

连一个小小的感冒都会让他的目光布满阴霾

而他也总会不知不觉地破窗而入

隔着一个桌子

从小女孩的眼睛潜入她的记忆之海

与十八年前的那个黄昏甜蜜相遇

2007 年 12 月 21 日　上海

这个周末如此寂寥

这个周末如此寂寥

像我那辆奔跑了一天的雪弗兰轿车

驶进黄昏

孤零零地停靠在路边

放学回家的小学生们飘过车头

它那热爱奔跑的呼啸声

被马路另一侧

校园空旷的寂静牢牢淹没

这个周末如此寂寥

像嫦娥一号终于脱离地球引力

张开想象的翅膀

飞翔在无边的黑暗中

而我们所期望的

仍不过是寂静的深海

和没有回声的山峦

这个周末如此寂寥
手机放在贴心的上衣口袋
期待着唤醒记忆的老歌
期待从没有出现过的彩铃
让行人断魂
让楚歌四面
期待手机一次一次震动
等待着最致命的一次辐射

这个周末如此寂寥
雪弗兰轿车安静地停泊在人行道旁
被扬起的风尘漫漫覆盖
你的古城地铁是否已经停运
无法穿越周末
将黄昏的问候载进黎明

2007 年 12 月 14 日　上海

在奔向北京的动车上的自言自语
——献给刘晓峰

五千年前，这里没有路
只有还没被命名的河流、平原
和没有被命名的森林树木

四千年前，山只叫作山，水只叫作水
大江大河奔走在朋友的血脉里
从下游倾听高山流水，那来自高古深沉的倾诉

两千五百年前，这里开始有林间小路
田间开始有阡陌、水牛和农夫
小道上时有大虫出没，孔子的马车周游于列国

两千年前，这里正中原逐鹿
在秦始皇打马走过的草丛里
有少年英雄要取而代之，有大丈夫要生当如此

一千七百年前，这里没有一座桥飞架南北
在浩荡的长江两岸有多少事都付笑谈
大江东去，惊涛拍岸，一时淘尽多少英雄好汉

一千二百年前，这里已经四通八达
而李白醉卧在泰山的瞻鲁台上
伴着盛唐之音，正欲生羽翼而高飞

从一千年前到四百年前，这里的道路
被无数只陌生的铁蹄踏破，卷起
一路风尘，淹没八千里路、云和月

三百年前，北方的皇帝在这里下马换船
这里有隋代就开凿出的大运河
令他们流连忘返，一路留下多少孽债和风流韵事

一百五十年前，铁轨从南到北一直铺到京城
呼啸而过的火车掀翻四书五经
把鸦片和烟枪运载到皇宫和妓院

七十年前，爷爷携父亲扒上北去的列车

成为闯关东的第一代移民
亲爱的山东大地，爷爷并没有魂归故里

五十年前，父亲顺着这条路南下
从东北打到南京，后来他平静地告诉我
总统府并没有那么高大，老蒋的办公室也没有那么豪华

二十年前，我们单车轱辘于万里空旷平原
下燕山游齐鲁，瞻鲁雄吞云海，日观志期红日
曲阜怀孔丘，把抚秦砖汉瓦

十年前，儿子已经十岁
他的名字就用故乡的泰山命名
这一年，他第一次登上岱顶，学孔子登泰山而小天下

五年前，我们都已结束漂泊
把印有外文的精装书搬运到书架上
但写在书签上的豪言壮语早已经面目全非

一年前，我正在京沪铁路的上空穿梭
和所有华夏儿女一样，为了一个共同的目标

背着空荡荡的行囊，熙熙攘攘皆为利往

一个月前，你告诉我一个重大发现
古人的节日不是按革命的路线走的
话音未落，国家就宣布明年取消五一黄金周

十天前，中国人的想象力大放光芒
搭乘嫦娥一号向月球狂奔
它的动力是一个神话和三级火箭

九个小时前，我第一次踏上和谐号
向北京飞驰，像当年行走在奔向泰山的老路上
我的动力是我们的神话和飞奔的动车

兄弟，动车马上就要停在北京站
我在用我们共同的记忆和梦想为你祈福
你会迈过死亡之门，为你的泰山之友斟满茅台美酒

2007 年 11 月 12 日　北京

珠海素描

这个周末，又一次迎来客流高峰
情侣路上的阳光会馆
几天前就被各路情侣抢订一空

服务生依旧是两个月前的小伙子
圆筒帽上镶着金边，闪烁的碎光
把下午的大海照耀得昏昏欲睡

导车员带着白手套，挥汗如雨
打着熟练的手势，出租车像从海里爬上来的鱼
慢慢游进大堂的入口

前台小姐还是那个李姓姑娘
目光还是那么清澈而空荡
只是脸上多了一层厚厚的粉脂

她很漂亮，但反应要比别人慢上半拍

这像安静的珠海，很适合在澳门赌场一掷千金后

让目光在海面停留，空荡而清澈，久久发呆

四楼的落地玻璃依旧面朝大海

海边的棕榈永远没有四季的变化

白色的宠物狗已经换了主人，在草地上追逐着它的情侣

我只身一人，深陷情侣们的包围之中

只好将目光投到珠海的对岸

凝视那里的一双眼睛，像一个疲惫的赌徒，渴望彼岸

2008 年 6 月 12 日　珠海

10月28日的另一种记载

上午陪同二哥逛南京路
在老上海的四马路逛上海书城
我们各自买了叫作《手足兄弟连》的二战游戏光盘
他说为了在贵州缓解压力

下午在四季花园参加一个财富高峰论坛
听花旗银行的首席经济师费力地讲解一个新名词 QDII
台下手中拥有美元或人民币的人很多
还有更多的人是为了获得更多的美元或人民币

晚上赶到莫干山路的太阳虹画廊
在金秋诗会上朗诵了自己的《一年有半》
听更多的诗人用文字鄙视权力和金钱
看这群追求另一种财富的人在台上宣读理想

2006 年 10 月 28 日　上海

10 月 28 日这一天

七点五十分被铃声叫醒
八点十五分终于从床上艰难爬起
像每次出席重大活动一样
沐浴更衣，换上偶尔一用的重服

九点钟把车停在紫金山大酒店门前
等待二哥的出现
虽说我们兄弟已经一年未见
但我们都习惯了城市人的生活方式
昨晚分手时我回我家，他住宾馆

之后是匆匆地游逛南京路步行街
这里一清早就是满街游荡的人群
二哥没买任何东西
他说好东西在全国哪里都能买到

逛上海书城是重头戏

他一口气买了四盒二战游戏光盘

说在贵州工作压力大时可以换换脑筋

我买了三部畅销书

一部是张亚新的《品曹操》

书裙上说和易中天相比，同样有趣但更加明确

还有苏童的《碧奴》

是重新演绎孟姜女哭长城的爱情故事

还有一本叫《中国人的德性》

书中张梦阳提到我的老朋友李冬木

最高兴的是九华山的徐大师

他从无数人中一眼看中二哥

给他看了一个很准的面相和手相

说他前程远大不可限量

只是两个月内必须提防一个秃顶的小人

十二点二哥打的前往虹桥机场

我在吉野家吃了一碗牛肉饭

下午学会像牛一样干劲十足

十三点半准时走进四季花园酒店

"花旗财富精英论坛"气势恢宏

渴望更多财富的人们云集在星期六

听精英们讲演 QDII 时代的宏观经济和理财宝典

之后发生的事情有些怪诞

至少十人因提前离场而与奖品擦肩而过

主持人说他们与财富擦肩而过

因我误将西服倒挂，钱夹滑落至地

钱夹与我也擦肩而过

十九点赶到莫干山路十号

太阳虹画廊已经聚满来自各地的诗人

他们抢着上台朗诵诗歌，喝酒

而不像在财富论坛大家抢着喝咖啡，交换名片

罗青骂秋天你真他妈的

梅丹里和严力互读关于讽刺中国山水人文画的诗
月下小仙这位上海第一人体模特用诗声援苏非舒的裸诗
祁国一生的理想是砌一座三百层大楼而里面只放一粒芝麻

二十二点，我开车送严力和梅丹里回家
说起今天的两个会议真是天上地下
他们说跨度太大了但里面应当有诗意
我兴奋地一脚油门就开进了二十二点零一分

2006 年 10 月 28 日　上海

写在竹叶上的诗

有关祝福的词语我已酝酿多年
而今已化为雨水和泥土
把安吉的林海浇灌得枝繁叶茂

但我早已习惯默默祈祷
人到中年，正如竹林过午
午后的阳光，在闪烁的光影中变得无比暧昧

人过正午，爱情开始变得可疑
偶尔反射的叶子之光
至今还烧灼着多年以前的忧伤

婆娑的竹林是你胴体的背景
泰坦尼克的爱情颂歌缓缓下沉，是我慢饮咖啡的背景
什么是我们等待情诗从天而降的背景

我从最后那片竹叶追赶上你的目光
你的目光穿越第十个严冬
跨越过二十个国土，终于将我引渡回国

而今这个卧虎藏龙的圣地
正被两个陌生的旅人反复地打量
正被阵阵吹来的林风沙沙追问

是的，我是这个意思
在这一望无际的竹海
语言和关于爱的一切都会变得直白

如果竹子成为你，如果竹子成为你的名字
风，都会从远到近呼唤你
吹拂着你，携带着对你无尽的爱意

总有一天，文字会从竹叶上飘落下来
总有一天，祝福也会被这林风捎走
抒情诗人会变成某个玻璃窗后的标本

但就像电影，我们的后代会在玻璃窗前久久凝视

她的未来的男友就在不远处

一边欣赏她，一边慢慢地品尝咖啡

2006 年 11 月

有关怀旧与伤感

在仙霞路一个记不清名字的咖啡馆

和式吊灯的黄色光线一直照到招贴女郎雪白的大腿

架子上的旧皮包令人想到行色和离岸的渡轮

停摆的座钟在缅怀一次迟到的约会

靠门一侧，爵士乐从铜制的大牵牛花里慵懒地爬出

沙沙地号叫着，在 2002 年 4 月 25 日

霓虹灯搭上的士走走停停

靓女们都有些气急败坏，在车内频频看表

玫瑰花在卖花少年的左手开放

马上又在她们的右手凋零

你是恶之花，你平静的叙述里流淌着全盛时期的情欲与

忧伤

而黑铁灯的后面，你的眼睛一如处女依旧明亮

"我的孤独难以言喻

心如死灰，不知何时才能复燃

命若悬丝，不知何时才能坠入深渊

冰冷的血液正遍布全身，我战栗不止

是谁将我推入那口深井

何时我才能像贞子那样爬出罪恶的深渊"

我承认你历尽沧桑

我的叙述过于陈旧，被你的长发轻轻掩住

"小姐，再来一杯卡布奇诺"

"好，让我们回忆那位喜气洋洋的红衣少女"

在一次轻盈的问候中，中国结在她的后心逆风飞扬

和飞机一起穿越风尘，从南方到北方

从一个新年到另一个新年

2002 年 4 月 2 日　上海

2002 年元旦

阳光，僵硬而慵懒
洒进裸露的楼盘，像民工的臂膀
攀住南下列车
奔赴为食而战的疆场，铁钉和墙壁尸横遍野

轮子比平日更加奔忙
妓女们在正午盛开，带着一眼粉黛匆匆上路
我们时代被勾起的欲望
紧贴住轮子的另一侧，溅满泥水

等待晚餐的人也在等待奇遇
而侍从们正将黑色的生活打上领结
窗外临时停放的二手车
被饥饿的洗车童冲刷得干干净净

夕阳从城市的腹部升起

打量着我们过于疲倦的四肢

透过反光镜，有毒气体和炊烟

正以月半蚀的名义浮上月色

友人的新年祝福

从传真机里慢慢钻出，像耶稣之血

缤纷于弥漫寒气的地板

轻轻地覆盖住我的罪恶

2002 年 1 月 1 日　上海

看 11 月 19 日狮子座
流星雨补记

彗星的尾部垃圾穿过狮子座
在黑暗的太空燃烧，然后熄灭

恰巧流经城市的头顶
一群披裹毛毯的情侣紧紧相拥，引颈向天

一个心怀幻想的中年男子
奔出死寂的楼道像流星划过

夜空，被搭砌成整整齐齐的灰色甬道
在楼群之间纵横交错

他，一头在森林里迷失了方向的野兽
向遮住星空的橘色路灯发出绝望的怒吼

他为儿子拍摄下明亮的夜晚
却没有满天寒星似流萤飞走

他被联防队员检查了居民身份证
只记得手电光是唯一晃过的流星

"昨夜有一千三百多颗流星光顾地球"
次日的早间新闻令他和无数人追悔莫及

2001 年 12 月 3 日　上海

听历铭讲起一位多瑙河畔的
德国姑娘

他沿着多瑙河左岸的绿地朝一条石椅走去
那里大约有两个人。一个在读书
另一个在遛狗
午后的阳光格外柔和，河水从他身边静静流过

一阵铃声，骑着山地车的少女朝黑头发的东方青年
"只是一笑"。他只是看到了一双
蓝色的眼睛，绝对是蓝色的
她就轻轻地消失在多瑙河的下游

少女是抽象的，但美好却是具体的
"在弥留之际，她会作为一幅画面在我的眼前清晰闪过"
一年之内，他已是第二次向我提起这位姑娘
我相信，"她"和"存在"一样，都是真实的

2001 年 12 月 3 日　上海

在一个无所事事的下午
想起俄罗斯

一个走南闯北的人

终于把家从腰带上解下，安顿在南方

他像李白那样散开长发

将写字比作弄舟

只是提笔忘言，扁舟搁浅在纸边，一动不动

近日总是阴雨连绵

记忆难免收起翅膀潜入潮湿的笔芯

而他的歌喉却一再失声

混合着楼下自由市场的叫卖声

被缓缓驶近的重型卡车载向远方

这个走南闯北的男人

顺着地图的赤道爬到北回归线以北

把精致的等高线还原为山河湖海

把淡黄色的辽阔国土

还原成白桦林，一队队庞大的军团从雾霭中开下山冈

顺着旧俄时代的铁轨，从纳霍德卡到圣彼得堡

视线冒着青烟缓缓停靠在贝加尔湖白色的岸礁上

他想起那次东方青年的孤身远行

借助主教摇摆的灯盏为远方的亲人祝福

旋即消失在冰雪覆盖的俄语之河

偶尔还想起卡丽娜和柳德米拉

普希金在她们金属般的堂音里铿锵作响

诗人，能生活在她们中间真好

李白就曾从她们辽阔的腹地驾舟而去

出没在烟波浩渺的爱情之中

他发誓从明年的元旦开始

继续在这块版图上狂奔，日出而行，日入而息

而今天首先是发呆

目光，从东到西

时光，从中午移至黄昏

2001 年 12 月 1 日　上海

你是一个绕过家园的流浪汉

你是一个绕过家园的流浪汉
沿街捡拾爱情
凌乱的后院积满风尘

在某个空白的深处和边缘
你一次次升起又下降
沿着斑驳的墙壁正斜向何方

从一个街口到另一个街口
从读法总是错误的路标下
迅速穿过，像泛滥的脏水流过街区

你这颗可疑的心
终因月明星稀而脆弱
你的背后终因漆黑而树影婆娑

2000 年 8 月　日本富山

127

无题

留学是一连串书写汉字的动作
从无到有，从左到右
把祖国融化在血液里，落实在行动中

留学是将汉字拆开，把笔画拉直
斜搭在旷野的篝火上
和远方的孤狼一起度过午夜

留学是轻率的六月闪电
掠过干燥的汉字肩头
掉落在七月的田畴发出闷响

留学是被剥去征衣的赤子
偏旁部首纷然脱落
赤子守望着空荡的田原，丰收的大地抢劫一空

留学是旅行箱里的行装

在提前到来的梅雨之际

生长着绿色的霉菌，并向袖口悄悄蔓延

留学是雨天的一场热病

被烧得东倒西歪

至今仍徘徊在潮湿的深处，除了泥泞，还是泥泞

1999 年 9 月 16 日　日本富山

空梅雨

我有一种渴望

雨水落满空旷而干燥的眼帘

词如梅子饱含泪水

渴望打点行囊

在两个崩坏的天气之间

头顶月光，趁午夜飞跃城门

有的是时间并让它停止

拥你入梦

潜入某个普通的清晨，昏睡不醒

窗有丝竹之乱

梅子盛开，雨打芭蕉

潮湿的节气愈加潮湿

而空，你这诗意之上的词汇

竟突然降临

令我想起空旷，想到冬天里的一次远离

2000 年 6 月　日本富山

即景

涛声一侧
女孩的天空
把咖啡映照得通蓝如海

长满胡须的目光
多云转晴
与童年遥遥相望

女孩踏冰而舞，踏浪而歌
在涛声的另一侧
你正被陌生的海水悄悄浸没

她轻轻掀开海面一角
你朝向泥沙的脸
和石头一起转身，沐浴黎明

蓝色细语

从海洋到大陆，再到孤岛

掠过之处鲜花盛开

而你正咖啡加糖

任幻想在尘世中打旋儿

一浪，一浪，拍打在半透明的杯子上

1999 年 5 月 21 日　日本富山

给北岛的献诗

一位普通人
正在检点陈旧的诗行
将本世纪最后一道锋芒
悄悄剪下，夹在陆地与海洋之间

有一位普通人
在默默地死去与永生之后
仍然付出着终生的代价
令无数年轻的胡须彻夜疯长

有一位英雄
是否还在远方，在衰老的时间以北
精心地敲打诗句
敲打比自己还要坚硬的青春头颅

有一位英雄

应该感激另一位英雄

让他误入欢乐的歧路之旅

一边平凡地饮食和沉睡，一边放声歌唱

一位诗人

是否在大陆与海水之间

搭起另一座喜剧舞台

再次跌落血滴及刀剑的铿锵之音

另一位诗人

在路上，在为一位流亡者谱写颂歌

从一座孤岛到另一座孤岛

从一位普通人到另一位普通人

1998 年 12 月 16 日　日本富山—京都

私人藏画

表现日常起居
抑或硬质的画布
把如水的目光分离吸干
而脱脂的生活
在金漆嘭地剥落的月光下
被透明的秀指轻轻抚过

起伏的青色颜料
抑或像群山伸展的腰肢
在向上下左右
仅有一次的扭动中
痛苦将我们一把抓住
青色颜料起起伏伏

我常常与梦境共进早餐

而穿过阳光的窗帘

遮挡着有些凌乱的衣领和袖口

墙上向外遥望的藏品

在这次罕见的照射中

十一月的大雪把全身紧紧覆盖

1999 年 4 月 26 日　日本富山

我们称之为"留学"的状态
——献给苏历铭、胡澎

一

这是一连串书写汉字的动作，雷同而单调
每次都恰逢雨季匆匆来临
白纸如干燥的岛屿，全被淋湿
在提前到来的梅雨之季
"留学"，和旅行箱里的行装一起
生长出绿色的霉菌，并向袖口悄悄蔓延

二

当我们初临孤岛，这个潮湿的词
是不是像一面迎风招展的旗帜
正插入有争议的国土

脚下，被海水泡硬的礁石突然变软
被雨水淋透的语言亦突然变得黏稠
五月之上，除了泥泞，还是泥泞

三

想想自己的生存之足
在被"留学"布满的泥泞田畴里
在从天空向海洋的缓缓陷落中
诱人的树枝早已被遗忘
沿着吞噬脚印和身影的沉沦之路
哪一个方向能爬进我们青春的诗行

四

樱花前线北犯之时
我们翻越被火山隆起的山脉向南旅行
期待着绚烂的樱花开遍行囊

期待从大陆向岛屿的最后迁徙中
落樱叠起，飞翔于午后倦怠的树丛
我们的脸颊再次映满灿烂的红霞

五

在路上，我们的脚步迟疑而轻率
于长达百年的世纪之旅中
不幸与先知们一起
重复着同一种光荣与梦想
恰如听到上帝隆隆的脚步声
智慧之果跌入鲜血滋润的歌喉

六

而我们作为践梦者
在雨季黏稠的记忆深处
混合着疼痛、困倦和一日三餐

依偎于绿荫之侧的一江春梦

常常被遥远的电话铃声唤醒

一边是现实，一边是梦想。哪个离我们更近

七

连绵无尽的雨季将我们带进八月

故乡的言语，由于放置于大地没有遮拦

全部被冰冷的雨水打湿

我们这些热爱母语的诗人

只好面对镜子，一遍遍重温自己的语言

一侧是海水，一侧是陆地。哪个离我们更近

八

八月之末，仍是远无尽头的雨水与泥泞

从雨滴围困的岛屿出发

罕见的阳光斜铺上唯一的道路

我们驱动车轮奔驰在语言所至的边缘

在被道路编织的谎言中

唯一干爽的田舍令我们无数次抵达

九

亦如生命抵达原点

把自己从肋骨中抽离出来

在漫布油污的工厂被一次次复制

直到血液像雨丝渗进刺眼的钢铁

我们薄如蝉翼，被秋风轻轻扇起

上锈的铁蒺藜上挂满陈旧的劳动、思想和睡眠

十

偶尔有一次漂亮的飞行

不断交织在语言与都市、大地和海洋之间

从被不锈钢搭起的机场起飞

无数次迫降在潮湿的心脏

在所有升起和降落的抉择中

我们的目光为什么总是盯着窗子的一个方向

十一

露水浸紫的霜叶

遮挡在梅雨和铺天盖地的大雪之间

我们沿着落叶的纹脉爬向炊烟

午夜，沉入水中的半个月亮

令我们想到家，想到亲人，想到爱情

而她们又是多么生疏的东西啊

十二

一边喝着苦涩的黑咖啡

一边谈论着往事和离我们最为遥远的事物

仿佛背景音乐还不像枫叶那样柔和

等待我们抱起古老的竖琴轻轻弹唱

而通向樱花之路又是那样的漫长

足够我们耗尽整个深秋

十三

大雪弥漫，我们也学会像土著人那样蛰居

让思想在雪被下冬眠

但与雪国有关的梦境又常常令人不安

比如"雪国"的正确读音和方位

比如像雪一般白皙洁净的艺伎之颈

那个出没于乡间温泉的散淡之人像不像我们自己

十四

我们惊愕于雪花和山茶花竞相开放

但是总要撕下日历，开始检点空空的行囊

倒数已被多次推迟的归期

而天空之路早已冰封雪冻

在我们的预期飞行中，雪花纷纷融化

记忆再次变得潮湿，除了黏稠，还是黏稠

十五

"留学"，正如英俊的黑衣骑士

跨上温驯的四月之马，飞奔在假名和汉字之间

继续着从冲绳到北海道的樱花之旅

在这个并无雷声轰响的寂静列岛

我们的诺言、记忆和欲望再次苏醒

恰似马蹄嗒嗒，从唐朝深处远远传来

1997 年 3 月 25 日　日本富山

对着镜子中的你的脸

远离家园之后
从海水浸泡着的镜子深处
除了分开复又合拢的青春之脸，你看到了什么

熟悉的目光又一次跌撞进去
从被无数种语言分解的镜子深处
除了破碎，你又看到了什么

四月之欲望被刺耳的铃声叫醒
沿着蜿蜒的血丝爬至眼帘
朝本世纪的最后一角贪婪张望

那双布满血丝的眼睛
同时还布满了什么
为你这最后一位幻想者作证

记忆，混合在油污与汗水之间
从额头和鼻翼两侧公然滑落
渗进嘴角，消失在牙齿与舌苔的根部

而故乡的言语
因为陌生，因为八月之上台风怒号
早已刮落至地，遍体鳞伤

刚刚从一个部落中分离
就像这座脱离大陆的孤岛
你是否还记得向自己的家园眺望

在从自己中分离出来的陌生面孔中
那颗正从油池里拎出的头颅
在同一色彩的皮肤之间，到底隐藏着什么

如今你像镜子尽头的那座钟表
张开四肢，把自己牢牢地钉在墙上
在钟摆的缝隙之间，正嘀嗒嘀嗒地远离人群

你是否相信，那张英勇的面庞依旧年轻
黄昏，正如盛装少女站满屋顶
为青春的红霞轻轻吟唱

是否相信，在午夜，在向镜子的匆匆一瞥中
你所膜拜的犹太先知突然死去
而另一位亚细亚大诗人正在诞生

1996 年 10 月 9 日　日本富山

感觉冬天

把手插进天空
让空气在手指间尽情流动
听关节在季风中咔咔作响
让我怎样面对苍凉的大地
说我热爱南方

把手臂最后一次举起
伸向我无限依恋的土地和爱人
在我即将远行的时刻
你应告诉我
你曾是我的姐妹或仇人

今夜我徘徊在冰冷的星光下
沉重的脚步踏破积雪
任飞扬的雪沫刺进歌喉

我多么想告诉你
在这白雪纷飞的夜晚你不孤单

我这放置多年的歌喉已经沙哑
而今夜无比美丽和明亮
在这最后一个熟悉的星空下
让我为你歌唱
让我祝福所有的雪都在为你飞扬

大雪纷飞
把宽大的手掌埋进温暖如被的雪中
从明天起,我将告别这片土地和恋人
我会在遥远的国土
轻轻地呼唤你,我的土地和热恋过的姐妹

1993 年 2 月　吉林

方位

一

家园坐落在诗人的手掌

在生命线和命运线的交叉处

视线穿过掌心

又在虚空处垂直折回

像栅栏穿透地面

把未来横插在长短不一的时间之间

有夜莺歌唱的夜晚

手掌花朵般纷纷开放

让我们凝视屋顶

等待炊烟从手臂升起

经过宽大的袖口

弥漫在黎明血色的肌肤上

炊烟四起
家园在大地四季的轮回中
变幻语言和歌声
拍打我们的额头
使思想像女人受孕
结出苦难和欢乐

目光从掌心滑向午夜
再从午夜向西，滑向子时
面对陌生的一天
把蓝图裁成餐巾
在本世纪明月高照之时
眼睛盯住筷子和刀叉

亦如诗人在午夜抱紧臂膀
在昼夜交替的目光中
迎接疲惫的夜行者
直到躺进梦里，脚搭在梦外的凉台上
我们的头发和大雪一起花白

二

家园坐落在诗人的喉咙
在诗人美妙的歌声中
一切罪恶的声音和言语
都在仁慈的屋脊遭到屠杀
而荒凉的血将渗进石头
长出复仇的苹果

七月，大地之血滋润歌喉
温暖的房子鲜花盛开
站在平分生死的地平线
沙哑的诗人放声歌唱
死亡静穆如斯
花儿艳丽如斯

一夜之间
我们学会诅咒和预言
坐在石头的深处
倾听铁器清脆的断裂声

咀嚼那些幸福的文字
像咀嚼一根悠扬的肋骨

当喧嚣的世界再次沉寂
在诗人眼前突然跌倒
家园将自己燃烧自己
由红到黑
忠诚的栅栏将再次穿行在
静止不动的时间之间

作为一种暴力
它将忘却我们的歌声
把我们的头颅
种植在大地的腹部
让记忆在两侧流逝
在下一个世纪意外相遇

三

家园坐落在语言的对岸
无数次在梦中抵达
当梦境成为路上的祭品
于声音和文字的歇息处
青春之耳如一叶扁舟
沉默或飞翔

在那里
墙上挂满停摆的钟表
诗人们围坐在餐桌旁
对面包和啤酒保持永久的倾斜
盯着盘中唯一健康的思想
谈论着与往事无关的卦象和卜辞

诗人的言语
像坚硬的石头在空间展开
与太阳纠缠在一起
并以阳光的穿透力

远离简陋而拥挤的居室

从诗到诗，从玻璃到玻璃

当家园像孩子手中的积木

搭起又推倒

因为丑陋

因为一种破坏然后重建的欲望

当众人的目光透过指缝

注视这最后一批幻想者

我们会磨炼双掌

在紫色的废墟和绿荫下

劳作、深思和沉睡

在音乐的瞬息死寂中

在喜剧时代爽朗的笑声里

建设我们的祖国

1991 年 11 月　吉林

远离自己

一

你先这样想
你是一个隐士
此刻正在
看山
看水
山就是山
水就是水

你再这样想
你是一座山
或一泓水
你会发现
山不是山

水不是水

最后你再这样想
山就是山
水就是水
这时你不会怀疑
山
就是山
水
就是水

二

在写诗的时候
与自己保持一段
从纸到眼睛之间的距离

这是一段
被纸和眼睛压缩的空间

所有的思想都在这里变形

这是一段时间
可以用它来穿越障碍
测量自由

这是一段欢乐
在白纸和黑字之间
放逐痛苦

当面对自己的诗作
你可能惊叫一声
这他妈是你吗

三

比如照镜子
你会发现
右眼和右眼不会重叠

当爱抚自己的时候
你也不会多点什么
或少点什么

而你故作伟人状
也不会因此而伟大一些
或渺小一些

请你像照镜子一样
不为影子所动
也不为自己所动

四

首先是远离自己的眼睛
让它凝视你
直到你成为自己的陌生人

这样

你不仅不是平面
而且也不仅仅是立体

而你眼睛的原来位置
也不仅仅是空洞
它的背面肯定是大海和蓝天

你的眼睛
还要自上而下轻轻滑动
像在打量情人或者仇人

这时先不要自信
就在你信以为真的时候
该考虑你的眼睛是否出了故障

五

把匕首扎在自己的手臂上
是你的手臂疼

还是你的灵魂疼呢

当你旅行尚未结束
仰卧在松软的土地上
灵魂和双足哪个更加疲惫呢

请你好好想一想
在你看到美食的时候
是你想吃还是嘴巴在涎水奔流呢

你再想想
雪花般割落的人体器官
与那些活着的人们有何关系呢

还犹豫什么
远离肉体
关心灵魂

六

在你一生之中
肯定有这样的时候
在明晃晃的阳光下翻看旧物

你最有可能
翻开昔日的日记
像翻开你那张厚厚的脸皮

你会耐心地翻下去
猜想日记的主人是否还健在
但这肯定与你有关

你还会发现
一位当代英雄正躺在日记里
等待挖掘

而某些重要的日子
早已发霉

需要在烈日下一一暴晒

你还会忽然变得豁达
"你曾多么可笑，
你曾多么的可笑啊！"

七

你可以是陆地
但为了美感你又必须远远游开
只把眼睛留在岸上

你会发现
你的胸肌并不发达
胸襟也不很博大

而且水土流失
怪石林立
长不出一片美丽且实用的庄稼

在一瞬间

从一块陆地到另一块陆地

你肯定一次比一次陌生

而面对慈祥的蓝天

和温柔的海水

你会感到恐怖正在朝你袭来

这时你将怀念你的陆地

但你的眼睛已被充分浸泡

不再能安放在自己的眼眶上

　　　　　　1991 年 4 月 16 日　长春

面具

总之
你必须配上一副面具
挂在脸上

眉骨可以高一些
不必美丽动人
但一定要有人性深度

眼睛应当大一些
不必绝对对称
这样有一种非常美妙的穿透力

最好是紫铜色
它最健康
容易令人联想到伟大和诚实

最好用紫铜锻造

这样不仅诚实

也经得住风吹雨淋

在不用的时候

请把它挂在墙上

它会像阳光一样普照微笑

1991年4月2日　吉林

风

风生活在窗外
窗外的世界十分美好
风愿把每一个季节装进口袋

风最善于用树呼吸
横在街道中央的大树
你不能说风是在欢笑还是在痛哭

风必须不停地行走
风行走时的脚步声
常常被茅草或电线的叫声吞没

风最喜欢在冬天歌唱
把男男女女统统赶回自己的屋子
在雪夜里出落得干干净净

风也从不羡慕窗子里的读书人
在它偶尔寂寞的时候
也可以把书翻得哗哗直响

关于风的诗
肯定也与窗子有关
诗人被夹在中间动弹不得

1991 年 3 月 3 日　吉林

芝麻，开门吧

我常常扮演三重角色
强盗、阿里巴巴和高西木
他们登场的顺序也很有规则
先是强盗四处抢劫
用毛驴把各种财宝运进山洞
就像把杂食和酒送进饥饿的胃里
而幸运的阿里巴巴
总是像肝脏分泌胆汁一样
又很有节制地把财宝运出山洞
第三个登场的是高西木
他欲将整个胃像袋子一样运走
不幸忘记了那句著名的台词
强盗不能不将他裁为三截儿
结果自然是阿里巴巴战胜强盗
就像温饱战胜饥寒

如今只剩下红光满面的阿里巴巴

阿里巴巴是个快乐的青年

他经常虔诚地徘徊在胃的出口一侧

低垂他那与真主同一样式的头巾

一遍又一遍地呼唤着

芝麻，开门吧

芝麻，芝麻，开门吧

1990 年 12 月 19 日　吉林

女友一日

听女孩讲她自己的故事

就像在欣赏一部好莱坞影片

美丽的字幕退去以后

她就忧郁地出现在了银幕上

她的白色风衣质地很硬

披肩长发却很柔软

她的眼影让我想象她曾沉睡过

而夸张的口红告诉我

她的梦境肯定又是色彩斑斓

在她经过楼道的时候

所有光线都集中在她那玫瑰一般的面庞上

这使我想起我好像疯狂地迷恋过她

临近正午的时候

她垂直穿过白色斑马线

来到一座电话亭打电话

但又忽然想起我已离开了这座城市

于是她搭乘地铁随便来到一个地方

又随便走进一家咖啡馆

在柔和的音乐和光线之间

她意外地发现我正和一位陌生的女孩坐在一起

这时她想起这一天是她的生日

两年前我也曾这样和她坐在一起

在回家的路上

她遇到许多昔日的女友

她们都清一色地挎着先生

从她眼前傲慢地走过

而她把自己邀请进她那唯一的房间

为自己一一点着生日蜡烛

给自己斟满一杯杯红葡萄酒

后来它们绽开成一朵朵鲜花

花瓣复又轻轻飘落

裸露出她那光彩照人的腰肢

她一边从上到下温柔地爱抚

一边对着镜子忧郁地微笑着

这时美丽的字幕再一次出现在银幕上

我觉得她多么可爱

但离我又是多么的遥远呵

1990 年 12 月 9 日　吉林

一年有半

一位穿白大褂的医生

很人道地宣判我得了癌症

并告诉我一年有半

在回家的路上

血液流淌得十分欢快

每一个关节都被冲撞得咔咔作响

就这样

我逆行在下班的人流之中

在我们擦肩而过的每一个瞬间

我都朝他们点头微笑

他们也朝我点头微笑

在行人渐稀的时候

我拐进一座高大的建筑物

昔日的情人就曾住在这里

而今虽已人去楼空

但多么想告诉她我尚一年有半

在行人稀落的时候

我看见有一个酒幌在风中微微摇晃

还看见朋友们

仍浸泡在各种颜色的杯盏之中

我告诉他们我很健康

他们欢呼着为我祝福

在这个路之尽头的下等酒馆

我一边痛饮啤酒

一边愉快地倒数归期

设计自己行将美丽的生活

这时我有一种预感

我可以写出一部传世之作

题目就叫"一年有半"

假如意外再活上几天或者几年

就像日本人中江兆民那样

叫作"一年有半，续一年有半"

                        1990 年 12 月 6 日　吉林

一种判断

为了拯救自己

时刻准备着

把自己钉在伸开的两臂之间

让血滴进灵魂最圣洁的地方

让我比耶稣受难的瞬间

还要悲壮

在这个世界上

谁没有屈辱过

当面对自己放声歌唱

谁没有被肮脏的目光击中过

当放弃自己的歌声

谁没有被伟大的谎言洗礼过

世界正顺着巨大的斜坡滑向落日

而我出落得一天比一天体面

面对悲伤忘却哭泣

面对欢乐又忘却歌声

面对苦难早已习惯于脱下礼帽

你好！早安！

死亡的气息

从太阳深处席卷而来

生还是死

在耳畔一声高过一声地叫喊

要么让我逃离

要么让我们共赴屈辱

1990 年 11 月 29 日　吉林

读风

把额头贴在窗玻璃上

离风很近

但又远离风

站在六层楼上朝下看

这样的角度

风最有可能舒展自己

这次我不在风中

不用竖起大衣的领子

在镜片背后进一步眯起双眼

猜想风是圆的还是方的

这风很像太平洋里的一阵阵海浪

而那些在风中纷纷断魂的人们

很可能真在猜想

风是圆的还是方的

或者整个世界就弥漫于风中

而他们正习惯于扬起长发

在安慰另一批胆怯的行人

此刻，我的香烟很暖

被烟蒂灼伤的手指很暖

所以我猜想风很冷

而风中的人们也一定很冷

他们那些轻轻摇摆的风姿

是不是在说

我多么想有个家啊

1990 年 11 月 17 日　吉林

看苹果在一天之内缓缓烂掉

这是一颗很大很圆的果实

面部红润且充满光泽

它整个白天都端坐在我的面前

静静地逼我凝视

直到涎水沿着风光旖旎的一侧奔流而下

它的姿态很伟大

很容易令我想起那些思想烂漫的额头

在它转动身姿的时候

我尽量与它的角度和距离保持不变

只是在光线异常强烈时

让眼睛在窗外的绿树上歇息

大约也就在这个时候

它那饱满的根部开始沦陷

像婴儿的头颅沐浴在午后的阳光之中

接着就是扑鼻而来的腐香

透过玻璃弥漫于整个空间

这时我的创造欲极强

也极易想象当年雪莱是怎样写诗

怎样陶醉于苹果腐香之中

到了晚上

它在雪亮的月光中显得有点可疑

我竭力在越来越浓郁的腐香之中

唤起关于红润的知觉

唤起墙上那种熟悉而陌生的嘀嗒声

但这时已经夜深人静

1990 年 10 月 21 日　吉林

今天

至于今天是从什么时候开始

至于在我写诗的时候

正被浸泡在哪一个广口杯之中

与我们毫不相干

我们清晰记得

今天像一轮火红火红的大太阳

从我们的视野深处滚滚而来

并沿着北方的一座孤岛冉冉升起

而且我们清晰记得

眼睛被重度灼伤时

黑夜发生爆炸的全部情景

以至儿子第一次凝视我们

我们居然也变得十分伟大

十分遥远

站在今天的岸边

看今天如一江流逝的春水滚滚东去

我们异常宁静

我们深知生亦如斯

死亦如斯

当我们为了明天不再回首

而重温我们共同航行的时候

我们深深地怀念着今天

我们深深地怀念着那座孤岛

我们（组诗）

苦闷

苦闷是一种象征

苦闷生长在舌苔之上无法表达

我们经常从今天逃遁而去

用杂草丛生的手

叩响另一个子夜的大门

倾听自己一次比一次遥远的咳嗽声

然后用酒精心地浇灌自己

使我们的语言茁壮成长

直到能够策划一场宫廷政变

或者挑起一场足够毁灭自己的战争

而幸存的思想

全被刮在乱纷纷的树枝上

在苍茫无垠的月光下

随风伸展

这时老鼠成为我们的唯一伴侣

当它们终于越过散发着青春气息的草丛和山脉

祈祷在我们贫瘠的胸膛上的时候

我们才第一次懂得

该怎样用沉默来爱抚它

亦如怎样用沉默来爱护自己

爱情

在平凡的岁月

我们渴望爱与被爱

但是对于爱情不再抱有任何幻想

我们可以为某个伟大的爱情故事流下热泪

也可以整天整天地凝视

某双早已合上半个世纪的美丽眼睛

如果愿意

只要一推开沉重的窗户

就能立刻轻如香水弥漫整个爱情

为了不再因苦难而变得高尚

我们一边重演大家熟悉的爱情悲剧

一边端坐在自己的背后

与情人悄悄对话

悄悄亲吻

我们几乎在一夜之间

学会了温柔

而且变得比任何时候都懂得爱情

懂得如何去珍惜它

音乐

音乐常常在忧伤的时候

悄然奏起

我们是在许多年以后才听懂

每一个音符如同上帝的手指

在温柔地抚摸着我们

我们经常远离人群

躲避在明亮的音符里

在金灿灿的阳光下裸体长跪

直到将自己也遗忘在沙滩之上

当我们重返人群

再次忍受孤独时

我们渴望秋天

渴望在悠长而萧瑟的林荫之中

在铺满金色落叶的路旁和长椅上

重温爱情长调

或者独自一人
伴着阳光响亮的音节
扭动我们青春的腰肢
从心底一遍一遍地呼唤着
音乐，音乐

流浪

我们把自己设想为一片荒原

并常常在大家感觉良好的时候

放逐自己

当我们感到疲惫不堪时

试着与狼相亲相爱

在它们淡绿色的目光中寻找真诚

我们设想自己行走在荒原之上

设想脚下的土地一望无际

并且再一次设想

当我们疲惫不堪时

本该与自己相亲相爱

我们渴望远离荒原

渴望拖着沉重的脚步一步步接近人群

渴望人群浑如太阳照耀在我们的头颅之上

但这时我们已经懒于呼喊

已经懒于在别人的目光中求得滋润

我们习惯于把自己设想为人

习惯用月光映出自己的身影

并在某个月光如水的夜晚

轻轻地叩响自己的胸膛

可是我们突然发现

我们已经被自己

拒之门外

家园

上帝被我们谋杀之后

我们又一次迷失在自己之中

我们站在上帝蒙难的地方

犹如站在自己的废墟上

看见自己一块块地坍塌下去

被一点一点地埋葬在瓦砾之中

我们需要信仰

我们需要魂有所系

我们需要在黄昏将临的时刻

安坐在自己的窗前

迎接新月

此刻斜阳穿透我们的头颅

最后一次辉煌盛开着我们

无数只乌鸦盘旋在我们的头颅之上

焦急地注视着我们

我们的手指已在一节一节地弯曲

从残垣断壁的缝隙呼唤着我们

我们所能贡献于自己的

只能是用一只手紧紧地握住自己的另一只手

然后果断地点燃自己

照亮自己的脚下

并在下一个黎明到来之前

重建家园

1990 年 8 月　吉林

无题

面对白纸

犹如端坐在方窗背后

欣赏一场刚刚下过的大雪

这时我常常为自己设置一种圈套

准备好酒、情诗、匕首

自投罗网

当然更多的时候

是面对别人设下的陷阱

或红或绿

犹如面对热带丛林中的

一块块方天

我经常看见自己被折叠成方形

复又分解成无数个碎块

被轻轻地安放在陷阱之中

当我周身麻木的时候
也常常不怀好意
探出半个脑袋向四处张望
希望我最爱的人也从这里经过

是的
面对白纸
犹如面对自己的罪恶
不是将它撕成碎片
就是将自己撕成碎片

1990 年 7 月 25 日　吉林

李白和酒和诗

提起李白

就想起下等酒馆

和我的一帮哥们儿

也想起唐朝和诗

李白饮酒诗百篇

李白一醉万事休

李白作诗之前

杨国忠捧砚高力士脱靴

所以李白最牛

但李白是被酒醉倒的

酒是被李白的诗醉倒的

李白的诗却是被寂寞醉倒的

在这寂寞的时代

哥们儿不能不用李白来壮胆

自古圣贤皆寂寞

唯有饮者留其名

谁一饮而尽

谁就会顺着李白的诗意

留诗百篇

1990 年 1 月 9 日　吉林

圣诞献词

这一天
彩虹无限妩媚
钟声亦无限悠扬
你与耶稣一起朝我走来
你之盛大超过了所有落雪的日子

在这走向末日的日子里
白雪与灾难一起飘落
连婴儿都学会了
以死亡对抗死亡
我所热爱的人
我与这个世界一样
需要你的温柔与抚爱

此时钟声连成一片

在你孩子一般的目光中

一切苦难都逃遁而去

闪烁着渴望

起起伏伏

你的到来究竟意味着什么

在举向你的无数次杯盏中

我的血液不断酿成语言

不断酿成红葡萄美酒

它与今夜的圣歌一样

最能安慰人

也最能使人成为爱者与被爱者

1989 年 12 月 25 日　吉林

度日
——致凡·高

万灯齐灭之后
月光依然灿烂
明天很远
梦里依稀酒店很远
我不得不习惯与黑夜相守
贩卖微笑

而微笑与罪恶并行
苦难泛滥成灾
在白鸟成群扑来之前
无法驾驭另一种语言
度过自己
歌声不是欢乐
哭泣亦不是悲伤

于是在渴望与渴望之间

第一次成为落难者

大师

我能否成为您的一朵向日葵

能否成为您的一抹色彩

在您的一次次爱抚下

接近阳光

1989 年 12 月 24 日　吉林

死颂
——献给海子

唯你以死亡歌唱死亡
你之死讯胜过一千个生日
在麦穗与铁轨之间
竞相传颂

你以死向人类发难
一场洗劫过后
幸存的人们依然恬静
说窗外麦子已熟
说远方风景宜人

你之忌日该是繁星灿烂
铁轨纠缠又重新展开
鲜花盛开于枕木之上
并在喧闹与寂静之间

学会遗忘

车过山海关
轻轻地碾过你的胸膛
生命却在那里徘徊
你之选择
是一种逃离
还是一种奔赴呢

1989 年 8 月 6 日　山海关

四答灵魂

在没有英雄的年代

你渴望成为英雄

翻掌为雨

覆掌为云

这是第一鞭

在有英雄出没的夜晚

你常与诗句勾结

制造匕首和陷阱

谋杀情人

这是第二鞭

在英雄末路的瞬间

群狗狂吠

你以沉默欣赏并认为煞是好看

问题是你终于呼吸成狗状

这是第三鞭

在渴望英雄的年代

放弃渴望便是你的唯一选择

只能以诗句摧毁诗句

用灵魂拷打灵魂

这是英雄诞生前的最后一鞭

1989 年 7 月 27 日　吉林

夏夜来临

你像渴望雪中日出一样
渴望夏夜

其实渴望夏夜
就是渴望芳草逼近冰山
每一阵呼吸都被歌声打断
然后风暴在太阳深处翻卷着
竖起白云
上帝般招展热忱
比如认为光是好的
于是就有了光

渴望夏夜
无疑是渴望裙裾飞扬
像潮水漫过每一阵钟声

元旦之梦被轻轻地呼唤着

渐渐远离死亡

而红日如期变成旗帜

在城堡坍塌之前

你只能以今晨重铸之目光

审判东方

今日夏夜如期而至

是诺言也是背叛

自从新月被击落水中

你再也无法完整

所有创造之欲望

都在这云起云落的星空下

浮出水面

你只能初升

无法沉沦

如今夏夜来临

所有渴望都如期来临

尤其是灵魂亦通过水中之月如期来临

在这唯一缺少歌声的夜晚
你的到来使所有噪音都远遁而去

今夜唯你辉煌
坚信灵魂与月夜的结合
就是坚信一个世界的诞生
那么，歌唱夏夜
就是歌唱爱情

1989 年 4 月　吉林

钟声
——写在 1989 年元旦

一万年前就回荡着这阵钟声

使所有人都变成石头

散落在荒野有彗星匆匆划过的钟声

搅乱漫天大雪只有我一人

站在极地之侧静听星球滚滚的钟声

从寒星中传出震落层层石苔的钟声

我们的心脏扑棱在荒野上噼噼啪啪

使所有声音都顿然沙哑的钟声

我不认识我的祖辈也不认识我

是敲钟人蘸满 A 型血奔腾不息的钟声

贴满崖壁我是登山人一万年都不会跌落

永远都不会跌落的钟声

没有开始没有结束一万年前就是今天

美人松咔咔生长绵绵不断的钟声

一次次送你雪花

又一次次在你手中融化

一次次将你领出坟地

又一次次将你牵回坟地芳草青青的钟声

里面充满我们每一声叹息

都必须付出终生代价响彻黑夜的钟声

我们都从钟声中走来又走向钟声

子夜翻转成道路埋葬片片红罂粟的钟声

吟诵钟声吟诵钟声阵阵吟诵

梦里依然阵阵吟诵的钟声

为谁而鸣钟声为己而鸣只能为己而鸣的钟声

谁都无权挥霍我们迎接钟声

就是在迎接一万年后还久别的老朋友

钟声

钟声

1989 年 1 月 1 日　吉林

黑洞

你生活在最完整的森林里

因而才无法走出这个世界

成为最忧郁的家伙

你每一句歌声都抽打着道路

不得不相信所有寓言都是真的

那轮通红通红的太阳徘徊在匆匆向西的人头之间

不会再来

那轮通红通红的太阳停泊在你回眸一瞬的暗海之中

不会再来

那轮通红通红的太阳在你燃烧之前

就将你化成了灰烬

你终于无法成为你自己

因而红太阳不会再来

你曾经爱过或许现在也在爱

尤其是你仍然很潇洒不仅有所爱有时也被爱

只是在你最忧伤的时候
红太阳突然击中你的额头
离你远去

白桦林

在这样晴朗的日子

走进这片白桦林

就是走进一种记忆

或者是为了某种遗忘

在秋天降临的时候

作为欣赏者

远离秋天

静听白桦林起起伏伏

一浪连着一浪

在这样难得的天空下

让我们沿着你的名字走近密林深处吧

在一个望得见湖或海的地方

让我们坐下来

重温一下各自的往事

或者占卜一下各自的前程
或者干脆坐下来
倾听万物是怎样生长
又是怎样如松塔一般掉落下来
而时间是怎样永恒
怎样使我们变得壮丽
又怎样变得月光般恬静的

我们再也无法忘却
这唯一晴朗的日子
是怎样走进密林的深处
亦如怎样走进各自的心事
又怎样远离一个古堡
并在一个弥漫轻雾的早晨
怎样轻踏着克莱德曼的音阶
漫步在没有尽头的林荫之中
而路边孤单的石椅
又怎样时而铺满落叶
时而又从落叶上慢慢地跌落的

如今你已远去

你的名字迷失在白桦林中

而我却经常走进那里

并在望得见湖或海的地方驻足

亦如走进你

亦如在你的眼畔驻足

做一位纯粹的欣赏者

欣赏你的风姿

倾听你用另一种语言唱出的歌声

但这时的克莱德曼

常常是忧郁的

常常是忧郁的

1988 年　长春

纪念一天

这个世界太小我们无法逃避时光

在追逐着我们都不愿重复这一天

繁星灿烂为什么不欢呼第二十二盏灯火

将燃灯火谁敢说不镀红满树寒枝呢

那夜是个童话暮色太浓月光太淡

钟声从古刹中传出我们都不是主人

告诉你吧轰鸣的瀑布不会摔断

只要有旷野就会有歌声一片水声一片

没有桥没有桥我该怎样过河怎样过河

眼睛长满白杨树五月曾停止生长

人类不会读懂第一篇寓言

只为你一个人夏日就疯狂旋转疯狂变幻

小镇太沉重所有老槐都被压弯浮不起一朵流云

山那边大河深陷世纪前一般悠远

失去的世界无疑属于我们

歌声忧愁歌声颤抖永远都不会结束一遍一遍

我们是否太残酷呢心肯定都流着血

路是否真的遥远呢我们都算作行路人

多少次远行就会有多少次回顾人生

仅有一次该不该只道一声一路平安呢

第一盏灯火不曾留下记忆

告诉我你怎么啦你怎么啦像那盏燃烧的灯吗

　　　　　　　　　　　　　1987 年　吉林